平田オリザ

〈静かな演劇〉という方法

松本和也
Katsuya Matsumoto

彩流社

はじめに

本書は、平田オリザを中心に、現代演劇について考えたものである。現代演劇という言葉で想定しているのは、一九九〇年代から今日に至る、平田オリザを軸とした演劇シーンである。つまり、平田オリザの演劇活動という窓を通して現代演劇を考える、というのが本書のコンセプトである。

ただし、その時に、一つの困難があるという。それは、平田オリザも含め、現代演劇に関する批評・研究がきわめて少ないという現実と、その構造的な要因をめぐるものである。こうした現状について、大学で教鞭をとってもいる劇作家・演出家の川村毅は、『歩きながら考えた　やさしい演劇論集』（五柳書院、二〇〇七）で次のように述べている。

一九九九年から三年間、早稲田大学第一文学部において客員教授という肩書のもとで現代演劇の講義をした。劇作、演出、俳優として現代演劇に関わって来た私にとって、包括的な視線を導入して現代演劇を語ることは初めてのことだった。さらに大学という場においては、現代演劇を語り、論じ、教えることの困難さの認識によって現代演劇の講義がそう多くはないことも知った。

もっとも一方ではちょうど私が大学に関わりを持ち出した時期より、現場に密接な足場を置く批評家、演出家、劇作家達が現代演劇の講義を開始した事実もあるわけだが、相変わらず多くの演劇研究家達にとっては現代演劇、殊に日本の現代演劇が専門研究の対象となることは稀のようだ。その訳を想像するに、

1　日本の現代演劇と一言でいってもどこから手をつけていいものやら……。

2　日本の現代演劇に論じるべきものなどあるか！

3　日本の現代演劇を論じるにしても当事者が生きているのだし、現在進行形の対象は研究材料となりにくい。

さらに最後の項に付随するものとして、

3′　文献に没頭するだけではなく、劇場に足を運び、見に行かなければならないという労力と財政力の負担を考えるとお得感に乏しい。

3″　しかもそうして苦労して論じたものの、生きている劇現場の当事者達に、気に入らないと文句をいわれたり、演劇人から派生する様々な人間関係、暗躍する覇権抗争に巻き込まれたりと、ろくなことにならず、お得感に乏しい。

と列挙できる。労力の割にはお得感がなく、研究家達の現代演劇に対するある種の怯えを伴った

及び腰の態度はそれはそれで理解の範疇ではある。しかし、そうした教師達の事情の雰囲気をいち早く察するのが教室の学生達であり、それらが現代演劇について何ら知識を持たない彼らの現代演劇への興味の喚起を明らかに封殺しているようにも見える。事実、卒論に現代演劇を取り扱う学生数は圧倒的に少ない。

確かに現代演劇、殊に日本の現代演劇を語るには勇気が必要だ。過去の文献だけでは太刀打ちできるはずもないナマモノを相手にする気概が不可欠なわけだが、しかしこのことがそれに比べて古典や近代演劇の研究が楽だという根拠になるはずもなく、現代演劇への困難さの認識はいささか過剰過ぎやしないだろうか。

長い引用になったけれど、確かに演劇に限らず〝現代〟を対象として扱うことは難しい。何しろ対象が現在進行形で動いており、常に、それに対するアプローチを更新しつづけなければならない。また、対象の評価も定まっておらず、それを評価する〝ものさし〟も自前で用意しなければならない。さらに、川村毅が指摘するように、現代演劇をフォローしつづけるには、ただ観劇していくだけでも時間とお金がかかる。それに対して筆者は、まず舞台表現をそれとして楽しんできた。その結果として、あるいはその積み重ねとして、現代演劇について考え、書いてきたのであり、研究を前提とした「困難」を感じることはなかった。

そうした観劇体験のなかで、筆者が注目したのが平田オリザであった。

平田オリザによる演劇活動――それは、主宰する青年団を率いたコンスタントな公演活動（新作／

レパートリー）、劇作や演出による外部公演、劇団・劇場運営に関する戦略的な理論・実践、全国各地で展開されるワークショップなどのアウト・リーチ活動、多言語演劇やロボット演劇プロジェクトなど新たな演劇動向の牽引、そして何より一貫した方法論とその後続世代への多大な影響など、多彩で精力的、かつ持続的なものである。

こうした平田オリザの重要性については、徳永京子・藤原ちからとの「座談会」（徳永京子・藤原ちから『演劇最強論　反復とパッチワークの漂流者たち』飛鳥新社、二〇一三）において、佐々木敦が次のように指摘している。

一九九五年に平田オリザの『東京ノート』が岸田賞を獲って、その一〇年後に、岡田利規だけじゃなくて前田司郎（五反田団）や三浦大輔（ポツドール）、岩井秀人（ハイバイ）や松井周（サンプル）なんかも出てくる。みんな青年団の掘り起こした可能性のなかから出てきたと言っていいと思う。だからむしろ突然変異的に出てきたのは、岡田利規以前に平田オリザだったのではないか、という気もする。平田オリザは、それ以前の演劇史や、同時代の他の作家たちに対する、異議申し立てを込めた明確な断絶として、自分の立ち位置を意識的に打ち出したのだと思います。

本書は、こうした見方・評価を共有した上で、個別の演劇作品に即して、その特徴を具体的に分析・記述することを目指す。その際のポイントは、キーワードでいえば〝他者〟・〝関係〟・〝いかに見えるか〟であり、ここに本書の目的意識も方法論も集約される。

平田オリザが一九九〇年代から展開してきた演劇活動は、従来の「演劇的知」や慣習を根底から疑うことを原動力としたものである。たとえば、わざとらしい台詞や演技について、〝演劇だから〟と許容することなく、わざとらしく見える原因を探り、その構成要素を分析し、そこから新たな表現へと編みかえていく作業を繰り返してきたのだ。

こうした姿勢は戯曲の言葉、俳優の演技に限らず、演出家と俳優の関係、俳優同士の関係、さらには俳優と舞台装置の関係など、演劇に関わるあらゆるレベルに及ぶ。そのことによって、平田オリザの創る演劇には〝他者（性）〟が浮上し、それらがどのように関係づけられれば〝リアルに見えるのか〟という課題に、必然的に突きあたる。この時、舞台表現と観客（席）という関係もまた改めて見直される。その結果、〝他者〟である観客とどのような関係を切り結ぶのか、といった対観客意識が作品に織りこまれていく。そうであれば、〝何を、いかに表現するか〟という表現主体の意図だけでなく、それが〝いかに見えるか〟という舞台表現と観客（席）の相互関係についての戦略的な方法論もまた、重要な検討課題である。そして、私見によれば、「静かな演劇」という標語で語られてきた平田オリザとは、その実、右に掲げた問題意識に即して、むしろ饒舌な方法論で演劇表現の変革に挑んできた演劇人なのだ。

あらかじめ、本書の概要について示しておこう。

平田オリザが作・演出を担当した青年団の舞台は、「静かな演劇」という標語で語られた。そこには、八〇年代演劇との対比が含意されている。さしあたりそれは、野田秀樹（夢の遊眠社）や鴻上尚史（第三舞台）など、多量の台詞が大きな声で発せられ、運動量も多い八〇年代的な舞台と、岩松了や宮沢章夫、平田オリザなどの短い台詞が日常的に発せられ、運動量も少ない九〇年代的な舞台との、印象の対比といってよい。

もちろん、こうした見方自体、的外れなものとはいえず、むしろ演劇人の世代差とも併せてわかりやすい差異を端的に語った標語ですらある（それゆえ、演劇ジャーナリズムで瞬く間に流通したのだ）。しかし、八〇年代演劇が一言で語り得ない様々な局面をもっていたように、九〇年代演劇もまた「静かな演劇」の一語では語り尽くせない。

本書第一章〜第三章では、平田オリザが作・演出を担当してきた青年団の作品をとりあげる。

第一章では、活動の初発期に理論的著作を積極的に出版した平田オリザの発言に耳を傾け、そこから析出した方法論を〈静かな演劇〉と表記して定式化し、その具体的な内実を作品横断的に検証した。演劇をめぐる自明の前提を疑い、その思索の帰結として作品を創っていく平田オリザの方法論が一応の完成をみたのが、岸田戯曲賞受賞作『東京ノート』だと思われる。第二章では、この『東京ノート』をとりあげ、第一章の検証を兼ねながら、平田オリザの方法論がどのように舞台化されているのか検討した。

形式的な方法論を強調しながら出発した平田オリザではあるけど、政治性を色濃く帯びた作品も多い。その最たるものが『ソウル市民』である。第三章では、ポストコロニアリズムから再評価の進む『ソウル市民』をとりあげて、劇中の時間軸（日韓併合前夜の一九〇九年）／現在という折り重ねられた歴史（性）に注目しながら、作品を読み解いた。

その後も、平田オリザは、新たな〝他者〟との出会いを演劇に求めていく。「現代口語演劇」を掲げて演劇シーンを牽引したのが一九九〇年代の平田オリザだとすれば、二〇〇〇年代に入ってからは、多言語演劇という新たなフィールドに取り組んでいく。

第四章では、平田オリザが作・演出で関わった日韓共同制作『その河をこえて、五月』をとりあげて作品分析を試み、日常世界に溶かしこまれたグローバリゼーションの痕跡と多文化共生への指針を読みとった。第五章では、平田オリザが戯曲を提供し、日仏二カ国語の交錯する『別れの唄』を対象として、喜劇の構成や対観客意識に配慮しながら、舞台上における翻訳の様相を検討し、〝他者〟と向きあう方法の実践例を劇中の展開に見出した。

第六章では、平田オリザ演劇の最前線であるロボット演劇プロジェクトに注目して、これまでの〈静かな演劇〉を念頭に置きつつ、そこからの連続性や新たな展開を検証した。

最後に、平田オリザの後続世代への具体的な影響として、岡田利規（チェルフィッチュ）による『三月の5日間』をとりあげて、〝ポスト平田オリザ〟のゆくえを検討した。

一連の議論が、現代演劇を見ることや考えること、さらには批評・研究の活性化の一助となればと願いつつ、本論に入っていくことにしよう。

目次／平田オリザ〈静かな演劇〉という方法

第一章　様式としての〈静かな演劇〉——平田オリザ・青年団の方法論

Ⅰ

一九六〇年代後半に震源をもつ小劇場運動[1]は、一九八〇年代に入ると小劇場ブームと称されるほどの隆盛をみせる[2]。ただし、それは一面で（企業メセナなど）バブル経済に支えられたものでもあり、それゆえバブルの崩壊とともに収束していった[3]。

その後にあらわれた一九九〇年代における新しい演劇については、「「静かな」という形容詞」を「一九八〇年代のバブルの時代に人気を集めた野田秀樹、鴻上尚史らのにぎやかで躁的な活気にあふれた演劇と比較しての言葉」だと定義する扇田昭彦が次のように整理している。

「静かな演劇」の共通項として挙げられるのは、大げさで芝居がかった演技を排したリアルで抑制の効いた演技であり、物語が時空を飛び越えたりせず、日常的な時間の中で展開するリアリティー重視の劇作術である。日常と非日常、現実と幻想を明確に対比し、非日常と幻想をまばゆく輝かせたかつての小劇場系の演劇とは違い、ここでは微細な日常がハイパーリアルな表現でクローズアップされる[4]。

こうした見取り図をふまえた上で、当時の批評も確認しておこう。大笹吉雄は「現代演劇のリアリズム回帰」（『東京新聞』一九九三・二・五夕）において、「九〇年代に頭角を現してきた「小劇場」のない手」＝「第四世代」に「大きな変化が起きている」として、その内実を「リアリズムへの回帰の傾向」と指摘した。そこで具体的に名前があげられたのは、三谷幸喜、柳美里、鐘下辰男、坂手洋二、平田オリザ、和田憲明で、彼／彼女らを括る基準は「登場人物が普通の生活者であることと、生活者を具体的な日常のレベルで書いていること」だとされていた。そして、こうした基準を一つの標語にまとめたものが「静かな演劇」である。（おそらく[5]）扇田昭彦による「小劇場に「静かな演劇」の波」（『朝日新聞』一九九四・八・一九夕）では、「小劇場の世界で今、気鋭の劇作家の岩松了、宮沢章夫、平田オリザらが作る「静かな劇」が注目を集めている」とされ、その静かさは「おおげさな芝居がかった演技やせりふを排し、日常を抑制したタッチで描く舞台」、あるいは「多様性に富む日常を、リアリティーのある抑制のきいた表現で描く」ものだと説明されていた。

この二つの記事は、いずれも一九九〇年代小劇場シーンの特徴を描きだそうとしており、双方に名前のあがった平田オリザが一九九〇年代を代表する劇作家と目されていた／いることに大方の異論はないだろう。また、「静かな演劇」が一九八〇年代演劇（イメージ）との対比を含意し、非日常／日常という軸を差し挟みつつも、一九九〇年代に入って漠然と感じられた新しい演劇の様相の実感的表現だということも確認できる。

「静かな演劇」の旗手とも称された平田オリザはといえば、その標語にふれて「静かなことが特徴ではない」と断じた上で、その特徴を「役者の発語の根拠を別のところに求めている点」にみている。(6)「「伝えたいことがある」近代芸術に対して、現代芸術、現代演劇のいちばんの特徴は、この「伝えたいこと」＝テーマが、なくなってしまった点(7)」にあるという自覚を言明しつづけてきた平田オリザは、一九九〇年代演劇の特徴（新しさ）を、俳優の「発語の根拠」にみる旨の発言を繰り返してきた。

もちろん私たちは、主体的に喋っているのだが、一方で、相手の反応、空間の広さ、外からの音など、様々な外的要因に影響を受けて喋っている。すなわち私たちは、「主体的に喋っていると同時に、周囲の環境によって喋らされている」。ここではだから、キーワードは、関係や環境ということになる。この喋らされている私たちをいかに表現するか。そこに着目したのが、九〇年代に出現した新しい演劇の流れの、大きなひとつの特徴だった。(8)

そうであれば、平田オリザを興味の中心として「静かな演劇」の内実を明らかにするためには、戯曲の言葉(9)について具体的に分析していくことに加えて、「関係や環境」という観点についても検討する必要があるだろう。そこで本章では、右の平田オリザの把握を念頭に置いた上で、「静かな演劇」という標語自体は流用《アプロプリエイト》しつつも、その意味内容を具体化しながら更新していくことを目指す。なお、本書では、こうした戦略的な方法論に基づく様式について、〈静かな演劇〉と表記して議論を進めていく。

平田オリザ独自の方法論は、初期のマニフェスト「現代口語演劇のために[10]」に詳しいが、ここではそのポイントを別の文章から引用しておこう。

一、演劇を真・善・美のいかなる価値観からもいったん遊離させ、それらの価値観を伝える媒体というこれまでの演劇に課せられた役割を完全に終息させること。
二、そのために、世界をダイレクトに把握し、提示する新しい方法論を探ること。
三、この作業の当面の手がかりとして、私たちが現在喋っている日本語を的確に解析していく過程のなかで、その方法論を見つけだしていくこと[11]。

右は、何かの代理＝表象としての演劇（の存在様態）を否定し、演劇それ自体の上演を目指す平田オリザ・青年団の志向性をよく示している。また、その際の具体的な戦略が戯曲の言葉を手がかりに示されている点にも注目しておこう。

次に、平田オリザ・青年団の演劇（活動）が、これまでどのように語られてきたか、その特徴的なものを確認しておく。ことあるごとに指摘されてきたのは、演劇でありながらも、舞台上で何も起こらないという特異性についてである。曰く、平田戯曲には、「劇的なもの、すなわち「物語」が欠除して[12]」おり、同時に「「劇的」であることを徹底的に回避しながら、極めて劇的であることに成功している[13]」。さらには観客という要素を組みこんでの「平田の演劇には問題の提起はあっても、それにたいする判断や解釈といった要素は存在しない」[14]、といった評価がそれにあたる。また、その会話劇が「日常では終始経験していても再現することはすこぶる難しい瞬間がいくつも目の前で花開く」[15]と、「日常」のリアルな再現として論じられもする。同時に、「一見日常そのままのように見える」台詞に、「つよい強制によって整えられた一定の秩序」[16]が見出されもし、戯曲においても「起承転結が緻密な形で作為的に組み立てられている」[17]点、より具体化した論点としては「人物配置のメカニズムを数式のように扱っている」[18]点などが肯定的な立場から指摘されてもきた。さらには、平田オリザの標榜する「現代口語」に関しても、「平田演劇は一面において現代口語のフィールドワーク」[19]であるとか、否定的なコンテクストながら、感嘆詞・間投詞の多用が「すでにひとつの「型」」となっている[20]などと評されてきた。

本章では、以上の指摘をふまえつつ、平田オリザ・青年団による〈静かな演劇〉という様式が、その構造として内包している独自の作劇法《スタイル》を、戯曲に即した検討を通じて解明することを第一のねらいとする。さらには、アフォーダンスなどの観点を援用しながら、身体や演出との関係についても、基礎的な分析を試みることが第二のねらいである。

Ⅱ

自ら「書きたかったことと、書く方法とが出会った瞬間」[21]と回想する『ソウル市民』（一九九〇／括弧内は初演年、以下同様）の時点で、すでに平田戯曲には、後に洗練されていくことになる方法論の原型が準備されていた。

『ソウル市民』は、一九〇九年（日韓併合前年）の韓国・ソウルを舞台に、文房具店である篠崎家の居間を行き交う人びとの群像劇だが、本章で注目したいのは、植民地というモチーフの政治性よりも、そこですでに整えられていた平田戯曲の作劇法《スタイル》である。

まず開場時から、ト書きの指示だけでも計二二分程度の時（空）間に、登場人物一八人中六人までがその姿をみせ、開演以前から場が提示される。これにより、開演以前からの場の存在と時間の流れが示唆され、本編中に挟まれる〝空白〟（舞台上に誰もいない状態）とも併せて、（登場人物よりもむしろ）場そのものに上演の根拠が置かれる（a）。開演すると、家主の弟・慎二と出入りの大工・後藤の会話がはじまる。そこでは二人の関係から自然に導かれる話題に加え、慎二がもちだす蛸《たこ》のエピソードが差し挟まれることで、早くも会話は一点に収斂することなく拡散し、場には潜在的なものも含め複数の話題がはりめぐらされていく（b）。ついで、大工といれかわりに書生・高井があらわれるのだけれど、そこでは再び蛸の話題が浮上し、幸子が加わるに及んで内地からの文通相手の来訪予定という、家族全員が期待する出来事が仕掛けられる。この田野倉は遂に訪れず、かわりに手品師の柳原（とその弟子・谷口）が来訪することで、期待はずらされて物語は脱中心化される。また、物語への収斂に抗するかのように、会話・状況の反復や、シリアスな会話での引用、あるいはモノ（飲み物・手品道具・ピンポン玉・便所他）に意識をそらすなどといった、気散じの文法が随所に仕掛けられてもいく（c）。そもそも、篠崎家という場に登場する人びとはいずれも、他人と挨拶は交わすが自己の内面を賭してたちいった議論を展開することはなく、少しでも重いメッセージをもつ言葉に対しては直接的な反応を避け、感動詞や聞き返しによるクッションを挟まずにはいられないようなのだ。そして、こうした登場人物の設定こそが、平田戯曲ならではの会話劇を成立させていく(d)。

ここまで指摘してきたポイントは、たとえば次のような会話に集約されている。

愛子　ねぇねぇ、これこれ、
春子　なに?
愛子　はい、(愛子、春子に手紙を渡す)
春子　なに、ラブレター?
愛子　やだぁ、
宗一郎　おまえ、知ってたっけ、堀田さんちの猫の話。
愛子　知らない、
宗一郎　堀田さんとこに、堀田さんにそっくりな猫がいるだろう。
愛子　☆あぁ、
春子　☆謙一さんが、また家出しました。
宗一郎　え、また、

〔☆は同時〕

右の会話では、長男・謙一の家出という事件が報告されながらも、それは反復・直前の猫のエピソード・「手紙」（モノ）などの介入によってさえぎられ、急速かつ急進的な展開が、周到に遅延・脱臼されている。

こうした様相に加えて、舞台上には直接みられない要素（空間・人物・モノなど）が、場との緊密かつ双方向的な関係をもつという構造も重要である。ほとんどの登場人物が濃淡こそあれ、不在の大旦那（宗一郎の父）と関係をもっており、その意味で劇空間で上演される人間関係の網目《ネットワーク》には不可視（不確定）の要素が関わり、常にその網目《ネットワーク》は流動的で空白の多いものとなる。空間でいえば、「内地」と呼ばれる日本がその最たるもので、これがソウルでの会話劇を根底から規定している（e）。このようにして、『ソウル市民』では植民地主義に裏打ちされた一見平和な市民生活が描かれながらも、随所に民族・国家・言語に関する境界線が浮上し、複雑きわまりない〝日常〟が、切りとられているのだ（f）。そして、その作品世界には、手品師・柳原の突然の失踪や千里眼など、いわゆるリアリズムからは合理的に説明できない事態が書きこまれてもいる。これにより、〝日常〟の再現と思しき会話劇さえも虚構《フィクション》＝演劇という枠組みのなかにあり、その透明な再現（＝代理＝表象）から批評的な距離をもつことが自己言及的に示唆されてもいる（g）。

これらの特徴は、『ソウル市民』以降も様々な変奏を伴いながら、〈静かな演劇〉という様式の最大のポイントである戯曲構造の基底を形作っていくことになる。以下、平田オリザ・青年団による初期作品を横断しつつ詳述していくことにしたい。

（a）場の提示――時間・空間・交通

開演前から何事かが舞台で展開されるという上演スタイルは、必ずしも平田オリザの独創ではないけれど、平田戯曲には独自の意味作用がある。平田オリザは、作品の舞台にセミパブリックな場所を自覚的に選んでいるという。たとえば『ソウル市民』において、開演前の二〇分が重要なのは、まさにそのことを与件として、舞台が人の行き交う交通の場として示されるからだ[22]。この点に関わって、日比野啓は「平田の作品における「リアル」さを生み出しているものは、別役実がはじめて言語化した日本の近代劇における隠れた主題、「見えざる超越的な存在との緊張関係、対立」である[23]」と指摘している。つまり、こうした特徴は平田戯曲の基底を成す要素であり、かつ、「「リアル」さ」の根拠ともなっているというのだ。

他にも、『南へ』（一九九〇）では登場人物一九人中六人が舞台（船の甲板）を行き交い、上手奥・下手奥の空間が暗示されると同時に、客と船員の関係や客同士の関係も垣間見られる。このような開演前の時間が本編を浸食していくならば、それは交通の場それ自体が作品化された『冒険王』（一九九四）となるだろう。

（b）会話の文法――話題の併走・潜在・同時多発会話

平田オリザ自ら「主語・述語の演劇から、助詞・助動詞の演劇へ[24]」と宣言したように、助詞・助動詞、さらには感動詞、接続詞、あるいは沈黙といった諸要素が語順操作とも相まってクローズアップされていることは平田戯曲の大きな特徴である。ただし、ここで検討したいのは、一見、物語性やプロット展開に乏しい会話劇にみえる平田戯曲が、どのようにして上演の時空間を支えているかである。

複数の話題の併走・潜在・転換といった様相は、たとえば高村光太郎をモチーフとした『暗愚小傳』（一九九一）に典型的にみてとれる。そこでは冒頭の高村・夏木（後に智恵子、先生も加わる）の会話からして、挨拶・寸法取り・近況雑談などの話題が、煎餅や将棋盤といったモノに気散じされつつ小刻みに転換されて展開し、肝心の同人誌の話題は進展をみない。あるいは、光太郎、智恵子、女中・尾崎の三人でトランプをする場面では、智恵子が精神を病むこともあって、脈絡もなく次々と転じていく話題を、場の同一性が支えつづけていく。

また、『北限の猿』（一九九二）、『カガクするココロ』（一九九六）、『バルカン動物園』（一九九七）の科学シリーズは、物語内容だけでなく、会話文法をめぐる文字通りの実験室でもあった。あるいは、『南へ』の詩人・タキタは、折々「初めて海見たときのこと」を船上の人びとに問うていくのだけれど、これはタキタに属した話題の一つにすぎず、戯曲内で反復されながらもその議論が深められていくことはない。

一方で、表面的には話題の転換をみせながらも、作品全体において散りばめられた話題が、巧妙に回収・再活性化されていくこともある。『転校生』（一九九四）をみてみよう。

早苗　今日、お弁当に魚入ってたらどうしよう。
京子　あぁ、

ミナ　だって、そんなの、おんなじでしょ。
久美　なにが、
ミナ　あのね、人はね、生き物を殺して生きて行くでしょう。
京子　また、始まったよ。
久美　わかりました。生き物は偉い。
ミナ　そうじゃなくてさ。
早苗　もう気持ち悪くて、あとの古文の授業とか、全然聞く気になんなかった。
京子　私も。
久美　京子は、最初から聞く気ないでしょ。
京子　そんなことないよ。
久美　あ、そうですか。
京子　最近ね、古典好きになったの。
久美　ほー。
京子　なんか、日本の心に目覚めたって感じ。
早苗　★あ、ラッキー、お魚入ってない。
〔★は前のセリフにかぶせる／以下同〕

右は解剖実験後の昼食時の会話である。ここでは早苗の二つ目の台詞を軸として、複数の話題が一般論／具体論（魚〜殺生、古文〜日本の心）といった質的落差を重ねて配されているが、戯曲全体へと視野を広げてみるとこれらは場が共有する話題へと回路づけられている。

つまり、一見脈絡のない話題も、場によって相互に関係づけられ、その関数の解が新たな会話を生成する要素と化していく。こうした会話が集積されることで場には常に複数の話題が潜在することになり、登場人物の出入りやモノ、あるいは誰かの一言で、一度はそれた話題が再浮上したり、質的落差の激しい複数の話題がこともなげに併走をみせる。そして、後者がクローズアップされた時に、同時多発会話となるのだ。

総じて、〈静かな演劇〉の最大の特徴である平田戯曲の会話とは、その場に居合わせた人物の人間関係や共通の話題などの関係の集積によって生成され、その言葉がまた場の関係の関数となっていく、オートマチックな装置なのだ。そうであれば、場の同一性が保たれて、登場人物が存在する限り、そこには自己増殖的に会話が生成されていく機構《メカニズム》が内包されているのだ。

（c）物語の脱中心化――端緒・期待・受容

ここでいう物語とは、前項で述べた会話よりも大きな単位、具体的には、複数の登場人物が興味をもって関わる、因果関係をもつ出来事の総体（はじめ〜おわり）を想定している。平田戯曲において、物語（性）はないというより脱中心化されており、逆にいえば物語の端緒は折々垣間見られ、それは多く未知の何かを待つことによって準備される。転校生（『転校生』）や脳（『バルカン動物園』）、目的地＝マペウリ島（『南へ』）がその代表的なものといえるが、その他にも恋愛や口論の端緒は散見され、その進行に伴って、ささやかであろうとも期待の地平は形作られていく。ただ、この期待を与件としつつも、その脱臼がなされることで、物語的収斂はことごとく排除されていく。そこには会話の文法も大きく関わるのだけれど、ここで注目したいのは、登場人物による出来事の受けとめ方である。『南へ』において密航者・ツカダが発見された場面をみてみよう。

イシダ　あぁ、なんか大変なんですよ。
ミタ　え？
イシダ　船の底から、人間が出てきたらしいんですよ。
コタニ　え？
イシダ　あれなんですけど、
ミタ　あぁ、
コタニ　出てきたって、どういうことですか？
イシダ　隠れてたらしいんですけど。
ミタ　え、だって、
アオキ　じゃあ、すいませんけど、船長を呼んで来ますから。
イシダ　うん。あと、医者も呼んだ方がいいな。
アオキ　はい。

船内の映画上映会などと同じ文体（テンポ）で書かれた右の会話は、「大変」というイシダをはじめとして、誰も「大変」と受けとめているようにはみえない。船長と医者の登場が謎（＝ツカダ）の解決として期待される間もなく、ツカダは自らの出自や船に隠れていた動機を語り、ただことの運びとして新たに船長や医者が待たれることになる。また「えっちゃんの誘拐事件」に至っては、それがすでにおわった出来事（狂言）として語られ、物語的結構が整えられる隙さえない。

つまり、物語の端緒らしきものは、その実、各作品の場に共有されるべき話題を投げこみ、登場人物間の会話を活性化し、あるいは事態の進展を遅延させていく仕掛けなのだ。従って、その後は会話の文法に組みこまれ、場に潜在／顕在することになっていく。

（d）登場人物の設──関係・反応・存在の根拠

先の（b）・（c）とも関連して平田戯曲に特徴的なのは、それぞれのキャラクターのありようである。それを一言でいうならば、登場人物たちの個性・主義・主張の稀薄さとまとめられる。ここで稀薄さとは、登場人物が自らの内面に即して自己決定するといったタイプの主体とは対極の、むしろ他者との関係や、場やモノといった外部との相関関係の帰結の可変的な集積として主体が構築されているありようを指す。

たとえば科学シリーズでは、登場人物それぞれに個人的な事情や指向は異なるものの、制度的な帰属先（生物学・医学・心理学など）に基づく立場の差異が会話生成の大きな要因となっている。また、『火宅か修羅か』（一九九五）で、野上登喜子を後妻に迎えようとする作家の木村慎也は、父という役割すら放棄しているようにみえる。次に引くのは、末娘のルリが補導されたことを、長女・由美、次女・好恵から聞かされた後の会話である。

慎也　★それって、俺の再婚となんか関係あんの？
由美　え？
慎也　帰りが遅いとか、そういうの、今度のこととか。
由美　あぁ、さぁ。
好恵　全然考えてなかったね。
由美　いや、まぁ。
慎也　まぁ、関係ないか。
好恵　たぶん。
慎也　うん、まぁ、じゃあ、
由美　え？
慎也　いや、
由美　なんですか？
慎也　いや、
由美　いま、じゃあいいって言おうとしたでしょう。
慎也　いや、そうじゃないけどさ。

由美　ええ、

ここでは、慎也はもちろん、由美や好恵にしても何らかの具体的な目標（解決）に向けて議論しているわけではない。むしろ、右の会話は、ルリ、つづいて由美、好恵が父のいる旅館に来たことと、そこに父の後妻も居あわせたという場の状況の産物としてのみある。つまり、『冒険王』でのドライな出会いと別れに顕著にみられるように、登場人物たちは、自身のペースやスタンスを統御・保持しつつ、関係の網目《ネットワーク》のなかで一定の反応を示す人物として造形されているのだ。

（e）不可視の力学――モノ・人物・空間

戯曲が舞台とする場については（a）で述べたけれど、ここでは舞台上に存在しないにも関わらず、本編と深い関わりを持つ不可視の領域について検討してみたい。渡辺保は「平田オリザの芝居の魅力の一つ」に、「日常現実の断片をとらえながら、その背後に近未来的な空想の世界あるいは人間の深層ともいうべき世界が鋭く対立している点[25]」をあげている。確かに、平田戯曲においては、舞台の背後に隠されたモノ・人物・空間が、単なる設定という以上の意味を担っている。

科学シリーズでいえば、ジャミラと呼ばれる教授がそれにあたる。ジャミラは舞台に登場しないにも関わらず、プロジェクトに関わる研究員の関係・人生を大きく左右する存在として描かれる。さらにプロジェクトの内容・行方も曖昧にされることで、逆説的にその存在感は担保されていくのだ。『転校生』でいえば、前者は休みをとった担任・斉藤先生、後者の効果は『転校生』における解剖実験されたフナに該当する。

しかし、決定的に重要なのは、戯曲世界に確保された不可視の空間の効果である。戦争（状態）という背景が登場人物たちの〝日常〟を異化する読解コードとして仕掛けられるのは『ソウル市民』・『東京ノート』以来の平田戯曲の特徴の一つですらあるし、『冒険王』や『S高原から』（一九九二）では主な舞台（宿屋／サナトリウム）から外部（日本／「外部」）への移動の是非（可否）が、境界意識の浮上とともに主要な話題の一つとなっている。また、『南へ』に至っては、南の島・マペウリの存在こそが登場人物及び船、つまりは、場そのものを牽引する原動力とされている。総じて、平田戯曲においては不可視の要素が様々な力学をもって、作品世界の奥行きを多層的に構築していくのだ。

（f）フレーム――境界・引用・複数性

たとえば『南へ』には、次のような台詞がある。

ミヤタ　じゃあ、そこ座って下さい。
タヤマ　はい。（A―3に座る）
ミヤタ　（カメラを構える）あぁ、こっち向いて、
タヤマ　はい。
ミヤタ　そうそう、ああ、やっぱり、本当にきれいな人っていうのは、ファインダーから見ると判るんですよねぇ。

船上で写真を撮りつづけるミヤタの右の台詞は、ファインダーの有無によって世界（像）がかわり得るという観点を示唆している。では、平田戯曲で描出される世界は、劇作家のどのようなフレームによって切りとられ、いかなる特徴をもったものなのだろうか。

まず、自明視されていながらも日常世界や常識感覚を分節化している様々な境界（線）が、クリアに浮かびあがっていく点を指摘しておきたい。これは登場人物の多くが場をめぐって交通＝移動することや、留学や英語といった設定・話題が頻出することの帰結でもある。また、恋愛や労働についての会話を通じて、ジェンダーが炙りだされてもいく。

こうした境界の浮上が重要なのは、一つには往々にして境界をめぐる会話が日本というネーションを括りだすことで、現実世界の日本が（観客や読者にとっては）参照枠として戯曲に呼びこまれるからである。あるいは、『S高原から』や『冒険王』にみられるように、病気／健康あるいは異常／正常といった境界の自明性が問い直されているからでもある。また、それでいて平田戯曲は、虚構《フィクション》＝演劇という枠組みを、文学作品などからの引用（設定からフレーズまで幅は広い）や、メタ・シアター的な仕掛けを施すことで明示していく。そこにはさらに、『S高原から』での死の宣告契約をめぐる話題のような、情報量の多寡による見え方の偏差、さらには素朴な解釈の多様性なども組みこまれていく。こうした仕掛けは、境界の浮上による価値・評価軸の反転可能性と併せて、場に複数性を現出させることに寄与していくだろう。

Ⅲ

ここでは、〝日常を舞台とした静かな印象を与える会話劇〟を最大公約数として、「静かな演劇」と括り評されることの多い岩松了（一九五二〜）と宮沢章夫（一九五六〜）の戯曲と比較することで、平田オリザ独自の〈静かな演劇〉の特徴を見極めておきたい。

岩松了については、一組の蒲団の敷かれた一室を舞台とする一幕物である『蒲団と達磨』[26]（初演一九八九、於ザ・スズナリ）をとりあげる。平田戯曲の特徴として指摘した（e）・（f）・（g）は看取されないものの、確かにセミパブリックな場に多くの人間が出入りし、脈絡のない会話が延々とつづく様相は、（a）・（b）・（c）の諸点において類似が認められる。

ただし、（d）を決定的な相違点として、両者が毛色の異なるものであることを確認しておきたい。[27]『蒲団と達磨』における登場人物たちは、自ら欲望の主体と化して、それを言動に表出していく。従って戯曲のなかで、登場人物たちは欲望を抱え、葛藤を漲らせ、それらはやがて怒りや叫び、あるいは暴力を招きよせる。

夫　キミの方で何か余計なことを考えてるんじゃないかって、オレにはそういう気がするけど

……

妻　余計なことって？

夫　それはオレにはわからないさ。

妻　……
夫　そうだろ？
妻　だったら、余計なことなんて言わないで欲しいわ。
夫　……（ただ首をウン〳〵とうなずいているので）
妻　何ですか？

間。

妻　回数のことを言ってるんですか？
夫　え？
〔略〕
夫　ちょっと客観的に考えればわかることじゃないか！
妻　客観的？
夫　ああ、客観的さ、オレは目的があるから裸になる。逆に言えば目的があるから、裸でも大丈夫なんだよ。〔以下略〕

『蒲団と達磨』は、娘の結婚式を終えて性欲を漲らせる夫を恐れた若い後妻が、近所にアパートを借りる相談をする場面からはじまるが、右は妻が明らかにしない別居の理由を夫が問いただす場面である。ここで「余計なこと」とはセックスを指すのだけれど、夫婦の会話はその曖昧さによって話題を逸らすことなく、むしろ過剰な意味を引き寄せて中心化していく。こうした登場人物の欲望は、周囲との関係やモノ[28]によって制御されることなく、むしろそれらに配慮なく言動が実行されることで、独白や告白などの台詞が多く配されることとも相まって、秘められていた内面が力強く描出されていく。登場人物がこのように設定されている以上、いかに個々の会話が断片的にみえようと葛藤や物語は至る所で醸成され、うねりをつくりだしていく。たとえば、妻の別居をめぐるエピソードは、結末部で妻の前夫・小松を加えた三人で、よりあからさまなセックスの会話を交えて、つまりは話題を深めながら反復されていく。つまり『蒲団と達磨』とは、会話劇に見え隠れする、抑圧された登場人物の内面・欲望が劇を形作るという戯曲構造をもっているのだ。

次に、宮沢章夫の戯曲から、別役実が「伝説の時間があって、それから幼児体験の日根水村というのがあって、それから現在地図つくっている時間があって、この三つが層としてきちんと構造化されている[29]」と評した『ヒネミ[30]』（初演一九九二、於渋谷シードホール）をとりあげてみたい。『ヒネミ』には（f）・（g）は看取されないが、別役の指摘があるように、場面転換とその混在によって時空間が多層的に構造化されており、（a）・（e）はより複雑なかたちで仕掛けられている。となると、ポイントは（b）・（c）・（d）、特に重要なのは（c）だと思われる。主人公のケンジは、過去の記憶を思い出すために地図を書きつづけるのだが、それは三層の時間を往還する間にも常に解決されるべき目標として設定され、従って地図の完成＝兄殺しという記憶の回帰は、三層を貫く物語的結構を形作る。

ヒネミ　思い出したのね。
佐竹　……橋の欄干に立った僕はいまにも倒れそうだった。兄さんは思わず手を伸ばした。その途端、兄さんは足を踏み外した。手を伸ばせば僕は助けることが出来ただろうか。でも、僕はそうしなかった。……僕が兄さんを殺した。
ヒネミ　おめでとう。
佐竹　え？
ヒネミ　あなたの地図は、これでようやく完成したわ。
佐竹　……。

こうした、（過去の）死というモチーフをめぐる様相を、青年団『火宅か修羅か』における、ボート転覆事故で親友を亡くした小林をめぐる会話と比較してみよう。

湯浅　あのさ、岩本の事故のことだけどさ、
小林　あぁ、
湯浅　まぁ、色々、あるんだろうけど、あんまり、気にしない方がいいんじゃないかな。
小林　うん。
湯浅　なんか、いまさら言われてもって感じもあるからさ、おれたちにも。
小林　うん。いや、別に、俺もそんなに気にしてるってわけじゃないんだけどね。

湯浅　あ、そう。

もちろん『火宅か修羅か』は謎解きが中心の作品ではないけれど、過去の事故は語りよう、、、、によっては、十分、物語化も可能なはずだ。しかし、小林に属する話題として時折顔をみせる事故のエピソードは、いつしかポセイドンの話題へと転じていき、しまいにはかつて抱いていた美奈絵への好意へと、焦点をずらしながらスライドされていく。

以上の検討をへて注目したいのは、三作家への賛／否や、各作品に対する評価ではなく、会話劇の基本的な構造を規定する（b）・（c）という観点が、演劇という表現形式が自明視してきたポイントでもあるという点だ。従って、その点において岩松了・宮沢章夫との大きな差異をもつ平田戯曲とは、作劇における自明の前提を根底的に疑うという意味で、鋭角な特徴をもつものだといえる。さらにいえば、そうした点にこそ「九十年代を代表する演劇様式[31]」と自認する演劇様式の強度があるのだ。本節で詳述してきた論点（a）～（f）を総じて、それを本書では平田オリザによる〈静かな演劇〉と呼ぶことにしたい。

Ⅳ

本節では従来あまり重視されてこなかった演出家・平田オリザと青年団俳優の身体表現とについて、その相関関係までを射程に収めて検討してみたい。具体的にいえば、『東京ノート』初演に際して扇田昭彦が「小劇場での日常的なリアリティーを生かした俳優たちの演技が効果的[32]」と評したような様相が、どのように生成されているのかを具体的に考えてみたいのだ。それに先立ち「言葉のスタイルが違えば、身体の動き、意識の仕方も違ってくるし、その逆もいえる」と指摘する鈴木忠志の発言を参照しておこう。

舞台上での演劇が真実味をもって観客を説得するためには、いつもこの言葉と身体の関係が正確に関係づけられていなければならない[33]。

つまり、平田オリザの戯曲が、ここまで論じたような新しい特徴をもつならば、その上演に際しては、それに即した演出と身体表現とが要請されるはず／べきであり、本節で考えたいのはこの問題である。

平田オリザは「俳優の仕事」について、次の三点にまとめたことがある。

一、自分のコンテクスト[34]の範囲を認識すること。
二、目標とするコンテクストの広さの範囲をある程度、明確にすること。
三、目標とするコンテクストの広がりに向けて方法論を吟味し、トレーニングを積むこと[35]。

つづいて平田オリザは、「このコンテクストの獲得の方法、すなわち俳優の仕事の三にあたるものを、私たちは演劇の「様式」と呼ぶ」と述べている。つまり、「俳優の演技は、俳優が言葉と身体の齟齬《そご》を意識するところから始まる」[36]のであり、戯曲の言葉と演出の目標に対して、俳優は自らのコンテクストをすりあわせ、その相互交渉を調整するのが演出家の仕事だということになる。そうした演出によって平田オリザが目指すのは、「近代演劇でもっとも重要視されてきた」・「「心理」や「感情」といった精神的な概念」ではなく、「喜怒哀楽といったレベルの感情のさらに深い部分にある「意識」とでも呼ぶべきもの、そしてその意識と他者との関係」の描出だという。[37]

　こうした演出方針は、平田オリザの一九九〇年代演劇に関する認識を基盤としたものであり、俳優（人間）と環境との自明視されがちな主従関係を反転させ、舞台上における環境（場・他の俳優・他の台詞・照明・音響など）こそが俳優の演技を規定していくという考えともつながる。実際に、発話そのものよりも発話の際の条件（環境）を指示していく平田オリザの稽古の具体的な様相については、認知心理学の見地からの報告が複数なされている。[38] こうした演出（思考）形式は、平田オリザ自身も認めるように、[39] 人間の行動は環境から身体感覚への働きかけ（アフォード）を動因とする、としたアフォーダンス理論とも通底するものである。

　アフォーダンスとは、『生態学的視覚論』をはじめとするギブソンの理論をふまえる認知心理学者・佐々木正人の定義によれば、「環境が動物に提供するもの」であり「良いものでも悪いものでも環境が備えているもの」である。くだいていえば、「行為することで現れてくる環境にある意味」でもある。[40] 青年団・平田オリザによる演劇作品が「リアル」を目指したものであることはよく知られているけれど、それは素朴に現実の〝日常〟をそのまま舞台にあげるといった乱暴な考え方に基づくものではない。そうではなく、すでに論じた戯曲の言葉も含めて、現実を形作る様々な要素（「リアル」な喋り方、「リアル」な身体の動き・見え方など）を解析した上で、虚構《フィクション》＝演劇として一定の変換《トレース》を施しつつ、改めて再構成＝再創造した表現の謂いなのだ。その一つがアフォーダンスを援用した舞台づくりであり、こうした理論的基盤こそ、青年団・平田オリザによる作品を戦略的なものに見せている源泉なのである。

　こうした演出（思考）のポイントは、演劇の創り手がどのようなねらいをもつか、といった見方から、観客にとってその上演が〝いかに見えるか〟という発想への転換にある。こうした発想に基づくならば、たとえば「「悲しい」という感情」の演技は次のようなものになる。まず、「人間は、悲しいときに、とりたてて「悲しさ」を表現することはしない」という現実が参照され、逆に「「悲しさ」を表現しない」という選択も排される。なぜなら、そこにも「一つの意味」が生みだされてしまうからだ。ならば、「戯曲の要請」をひきうけながら、俳優にできることは何かといえば、それは次のようなことだという。

> ただ唯一、「もしかしたら悲しいのかもしれない」というように見えることだけが許される。こうして私たちは、観客の想像力を方向づける。〔略〕役者は、悲しそうに演ずる必要はない。少々抽象的な言い方になるが、悲しいという感情の方向に心を開いていてだけいればいい。可能性を示してさえいればいい[41]。

こうした発想は、俳優が戯曲の役柄を実存的に生き、その感情を追体験してはそれを表出するといったタイプの演技・演出とはおよそ無縁である。俳優は戯曲の言葉と舞台装置を代表とする様々な環境に身を置き、そうした関係の網目《ネットワーク》のなかで、自らの言葉・身体表現を相関項の一つとして演じるのであり、この時、俳優の身体は、戯曲やその登場人物の内面を表象する媒介ではなく、ただ舞台上に現前する戯曲世界へのインターフェイスへと化していく。

総じて俳優の役割とは、その演技＝表出によって観客が何かを読みとるべき実存的起源と化すことではなく、観客が自らのコンテクストをすりあわせる参照項となることであり、演出家とはそうした関係を編みあげ、調整する者の謂いなのだ。

その一例として、佐々木正人との対談で、平田オリザが披露したエピソードを紹介しておきたい。

平田　なるほど。僕たちの稽古のなかでは、俳優はセリフや動きのスピードや対象を決めていかねばならないんですが、どうもそれらを決めるだけでは何か不完全な気がしていました。そこで発見したのは、そのセリフを喋っているときに何が見えているかも記憶していかねばならないということなんです。その訓練をずっとしていく。それをずっと続けていくと、たとえばいままでテーブルの上のコップを意識して喋っていたのにそれをとってしまうとうまく喋れないという現象がおこる。セリフの強さとそのコップの存在が関連しているように記憶させていくんです。(42)

ここに語られているのは、まさにアフォーダンスという視座から見つめ直された稽古の風景である。

「セリフ」（言葉）と「動き」（身体）を考えて創られる演技に、平田オリザが「何か不完全な気」がしてしまうのは他でもない、それは端的に「リアル」ではないからだ。現実において、人間は言葉と身体のことだけを気にして行動しているわけでは、決してない。それでは、あまりにも多くの、有形／無形・意識／無意識の条件がこぼれおちてしまう。その時平田オリザは、たとえば登場人物（＝俳優）の内面を掘り下げるような方向には進まなかった。そうではなく、発語に関わる「関係や環境」を関数として稽古・演技に導入していくことで、演劇という虚構において「リアル」なものを提出しようと試みる道を選んだのだ。

こうした演出・演技（論）を想起すれば、青年団俳優の身体もまた緻密に計算された演出の志向性に即して、戯曲の言葉との関係を切り結んでいることは明らかである。さらにいえば、このようなスタイルを様式化した平田オリザの演出はそれ自体画期的であり、本書ではこうした様相を総合して、平田オリザによる〈静かな演劇〉という様式として捉えていきたいのだ。実際、『東京ノート』を見たフランスの芸術監督は、（平田オリザの紹介によれば）その面白さのポイントについて次のようにコメントしたという。

非常に人の出入りが激しくて、ヨーロッパ人から見ると、会話が成立していないかのように見えるけれど、全体を通して見ると、ダンスの振付のように言葉と動きが一体化されているという点。(43)

では、なぜ平田オリザ・青年団において、こうした様式化が達成されたのだろう。

もちろん、それは平田オリザの戦略に基づく劇団の努力の帰結には違いないのだけれど、加えて指摘しておきたいのは、少なくともその初期において、青年団が集団として、一貫してこまばアゴラ劇場（及び舞台と同スペースの稽古場）を根拠地に活動してきた点である。小劇場運動の特徴を「劇場の再生を目指した演劇運動」だと指摘する鈴木忠志は、演劇の重要な要素として劇場空間とその構成による俳優と観客の身体感覚の変容をあげ、そのことへの意識的な取り組みを小劇場運動の財産の一つだと述べている(44)。

もちろん、早稲田小劇場／青年団の表層的・質的差異は明らかだが、小劇場運動における演劇的成果の一つである劇場と身体（感覚）の関係へのまなざしが、平田オリザ・青年団にひきつがれている点は確認しておきたい。平田オリザもこうした関係・作用には自覚的で、こまばアゴラ劇場にふれて次のように述べている。

> 劇団員は、ここ〔こまばアゴラ劇場〕で時間と空間を共有することで、集団における個人の経験を蓄積し継承していく。時間だけではなく、空間を共有するということは、劇団という制度にとってはたいへん重要なことだと私は考えている(45)。

このことは、単に上演形態や劇場と身体の関係にとどまらず、集団による演劇活動の集蔵庫として、また〈静かな演劇〉という様式の基盤としても重要な意味をもつ。つまり、青年団とは、言葉と身体の関係を、劇場も含めた「環境」のなかで集団として創りあげ・鍛えあげ、そうした「演劇的知」（中村雄二郎）を平田オリザが軸となり、意識的に共有・蓄積してきた、現代において稀有な劇団（集団）なのだ。

以上述べてきたように、平田オリザ・青年団の〈静かな演劇〉とは、単に舞台の表層から視聴覚的に定義し得る範疇をはるかにこえたものである。それは、「現代口語演劇」と称される戯曲の言葉、俳優の身体、劇場という空間、さらには舞台上に存在する様々な環境とそこからのアフォード――これらの様々なレベルの要素が混在する舞台において、それぞれがもつコンテクストが演出〈家〉を軸としてすりあわせられ、調整され、それらの相関関係の帰結として過渡的な「状態」が上演されていくのだ。そうした演劇様式こそ、平田オリザが青年団で練りあげてきた〈静かな演劇〉なのだ。

V

最後に、平田オリザ・青年団の舞台は〝日常のリアルな再現か否か〟、という問いに向きあうため、まずは八角聡仁《やすみあきひと》の議論に即してリアリズム演劇の原理を確認しておこう。

八角は、「複数性としての現実」に対して、上演が「「いま・ここ」にある現実を否定する」「単一化」として行われざるを得ないとして、「「いま・ここ」の現実をどうすれば演劇として上演できるのか」という問いを現代劇の「困難」として提示する。その上で、「しかしそれは、たとえば舞台の上で日常を再現するという方法ではいささかも解決しない」という。

「日常を再現する」というとき、前提となっているのは、一方に日常という現実が存在し、もう一方にある演劇の表象体系が、それを透明に表象しうるものという確信であり、そうした表象が、「いま・ここ」の現実の否定としてしかはたらかないのは繰り返すまでもない。そしてさらには、「近代」以降、私たちの日常こそが、「いま・ここ」に対する否定性、あるいは超越性の運動によって形作られているのである。(46)

こうした議論に、平田オリザ・青年団の舞台を重ねてみる時、もはやそれを素朴に〝日常のリアルな再現〟とは呼べない。青年団の上演は、確かに観客にそうした実感をもたらす部分はあるが、それは観客がインターフェイスとしての平田戯曲並びに青年団俳優に向けて自らのコンテクストをすりあわせた一つの帰結でしかない。しかし、ここまで述べてきたように、青年団作品において俳優とは何かしらの現実を十全に再現（＝代理＝表象）する透明な媒介ではなく、平田戯曲もまた〝日常〟の十全な再現（＝代理＝表象）ではない。

この問題に意識的な、『暗愚小傳』をめぐる二つの劇評を検討することで、本章の議論のまとめとしたい。『暗愚小傳』劇評で八角聡仁は、「「近代劇」の「リアリズム」とは、たとえば能や歌舞伎の様式と同じような「形式」の一つにほかならず」、「上演において「自然」であることもまた認識的な布置による相対的なものでしかない」と正しく指摘した上で、「「近代劇」における方法としての「リアリズム」」が「多様な演劇的要素を排除することで成立した」ものである一方、青年団の舞台には、実は「「不自然」」を構成する「過剰なもの」が含まれており、それ故に「「自然」ではない」と評している。[47] つまり、「見ることの制限と排除に基づく方法」であるリアリズムに抗するかのように、舞台には「「近代劇」が排除してきたもの」が現前しているというのだ。この「排除してきたもの」とは、八角の議論をうけた内野儀《ただし》によれば、たとえば平田戯曲に組みこまれる「解決されない小さな謎」ということになろう。[48] つまり、平田戯曲総体のイメージが「リアル」なものとして受けとめられたとしても、そこには〝日常のリアルな再現(=代理=表象)〟というフレームから逸脱する過剰なるものが孕まれているのだ。こうした、戯曲に孕まれた〝日常のリアルな再現(=代理=表象)〟へのノイズは、「謎」というかたちに限らず、絵画・写真といった平田戯曲に頻出するモチーフを通じても明示される。

　総じて、平田戯曲には、劇中劇や劇中に劇作家が登場するといったタイプのあからさまなメタ・シアター[49]とは異なる仕方で、しかし一見〝日常のリアルな再現〟にも映じる戯曲・演技に、再現(=代理=表象)の透明性を疑う批評的なまなざしが周到に仕掛けられている。この内在化された批評性こそは平田戯曲を統制する基底でもある。そして、それこそは〈静かな演劇〉という様式が、虚構《フィクション》=演劇としての強度をもつための最大のポイントでもあるのだ。

注

(1) 扇田昭彦『日本の現代演劇』(岩波新書、一九九五)他参照。

(2) 風間研『小劇場の風景　つか・野田・鴻上の劇世界』(中公新書、一九九二)、佐藤郁哉『現代演劇の

フィールドワーク　芸術生産の文化社会学』（東京大学出版会、一九九九）他参照。

（3）大笹吉雄は「「小劇場」の消滅」（『テアトロ』一九八九・二）で、小劇場に賭けられていた実験（性）の希薄化を以て、小劇場の終焉を告げると同時に、新劇との同一化を批判していた。

（4）扇田昭彦「一九九〇年代の劇作家たち　ドラマの戦略」（高橋康也編『21世紀文学の創造⑥声と身体の場所』岩波書店、二〇〇二）

（5）同時期に同趣旨の、扇田昭彦「静かな成熟と新しさの結合」（『テアトロ』一九九四・九）がある。

（6）菅孝行コーディネート「様式とリアリズム（シンポジウム）」（『演劇人』二〇〇〇・一）の発言より。

（7）平田オリザ『演劇入門』（講談社現代新書、一九九八）

（8）平田オリザ『演劇のことば』（岩波書店、二〇〇四）

（9）「「戯曲のせりふの徹底した日常性」が、平田戯曲の、そしてその形象化である舞台の、大きな特徴」だと指摘する、松尾忠雄「平田オリザの場合―「火宅か修羅か」を中心に―」（『甲南国文』一九九六・三）参照。

（10）平田オリザ『平田オリザの仕事①現代口語演劇のために』（晩聲社、一九九五）

（11）平田オリザ「あとがき、あるいは演出ノート」（同『平田オリザ戯曲集①東京ノート・S高原から』晩聲社、一九九五）

（12）七字英輔「平田オリザ―青年団」（『テアトロ』一九九二・九）

（13）藤谷忠昭「言葉の外への誘惑―平田オリザ論」（『テアトロ』一九九五・一〇）

（14）鈴木理映子「平田オリザとリアリズム」（『ステージ・カオス』一九九九・六）

（15）武藤康史「微妙に重なり合う会話　その感動の強さ」（『文学界』一九九四・一〇）

（16）渡辺保「様式について　個人をこえるもの、をどうとらえるか」（『劇場文化』一九九七・三）
（17）岩城京子「平田オリザ考」（『ステージ・カオス』二〇〇〇・一）
（18）西堂行人『小劇場は死滅したか―現代演劇の星座』（れんが書房新社、一九九六）
（19）内田洋一「劇作家は歌を歌うか」（『悲劇喜劇』二〇〇〇・七）
（20）七字英輔「生理的言語と身体性―平田オリザの「現代口語演劇」をめぐって」（『テアトロ』一九九五・一二）
（21）平田オリザ「『ソウル市民』から『ソウル市民1919』へ」（『悲劇喜劇』二〇〇〇・七）
（22）注（7）参照。
（23）日比野啓「平田オリザ「東京ノート」」（日本演劇学会・日本近代演劇史研究会編『20世紀の戯曲 3 現代戯曲の変貌』社会評論社、二〇〇五）
（24）注（10）に同じ。
（25）注（16）に同じ。
（26）引用は、岩松了『蒲団と達磨』（白水社、一九八九）による。
（27）その意味で、「普通の生活者」を「具体的な日常のレベル」で描いたとされる、平田オリザも含めた複数の劇作家に注目して「リアリズム回帰」と評す大笹吉雄「現代演劇のリアリズム回帰」（『東京新聞』一九九三・二・五夕）の論旨には首肯しかねる。
（28）湯浅雅子「現代日本演劇に於ける純粋演劇から不条理演劇への流れの考察―岸田国士・別役実・岩松了の場合―」（『日本演劇学会紀要』一九九六・五）には「岩松の作品の「物」は表面下のドラマを瞬時象徴的に観

客に伝えるという不可欠な役割を受け持ち、とりわけ意味深い」と指摘がある。ここにも平田オリザとの径庭は明らかである。

(29) 井上ひさし・太田省吾・岡部耕大・佐藤信・別役実「第三十七回岸田國士戯曲賞選考座談会」(宮沢章夫・柳美里『ヒネミ／魚の祭』白水社、一九九三)

(30) 引用は、宮沢章夫・柳美里『ヒネミ／魚の祭』(注(29)に同じ)による。

(31) 平田オリザ「劇場がすべてのことを教えてくれる」(『WALK』一九九九・三)

(32) 扇田昭彦「演劇　青年団「東京ノート」　終末世界　淡々と演じ緊迫感」(『朝日新聞』一九九四・五・二五夕)

(33) 鈴木忠志『演出家の発想』(太田出版、一九九四)

(34)「コンテクスト」は、近年の平田オリザが提示するキーワードの一つである。

(35) 注(7)に同じ。

(36) 平田オリザ『平田オリザの仕事②都市に祝祭はいらない』(晩聲社、一九九七)

(37) 注(10)に同じ。

(38) 稽古・演出の分析報告である、後安美紀「平田オリザの演出について」(『言語・音声理解と対話処理研究会』一九九九・二)、後安美紀「演劇と同時多発会話　劇的時間の作られ方」(佐々木正人編『アート／表現する身体　アフォーダンスの現場』東京大学出版会、二〇〇六)他参照。

(39) 佐々木正人・平田オリザ「身体技法の21世紀　認知科学・アフォーダンス理論の視野から」(『演劇人』二〇〇〇・七)。なお、アフォーダンスに関しては、佐々木正人『アフォーダンス―新しい認知の理論』(岩波書店、一九九四）他参照。
(40) 佐々木正人『知覚はおわらない―アフォーダンスへの招待』（青土社、二〇〇〇）
(41) 注（10）に同じ。
(42) 佐々木正人「マイクロスリップと演技　平田オリザとの対話」引用は（40）に同じ。
(43) 井上ひさし・平田オリザ『話し言葉の日本語』（小学館、二〇〇三）における平田オリザの発言。
(44) 注（33）に同じ。併せて、鈴木忠志「見えない身体のこと　身体感覚の変移」（『演劇人』二〇〇一・八）も参照。
(45) 注（10）に同じ。
(46) 八角聡仁「現代劇のポリティクス（1）リアリズムの位相」（『WALK』一九九四・一〇）
(47) 八角聡仁「演劇月評　「近代劇」の余白」（『すばる』一九九三・一二）
(48) 内野儀「平田オリザはリアリズムか?.」（同『メロドラマの逆襲　「私演劇」の80年代』勁草書房、一九九六）。なお、内野があげているのは『ソウル市民』の奇術師や『さよならだけが人生か』のミイラである。
(49) メタ・シアターに関しては、横山義志「演劇と平田オリザ」（『シアターアーツ』一九九七・五）に指摘がある。
※平田オリザ戯曲の引用については、以下の書籍によった。『ソウル市民』（一九九九）、『カガクするココロ』（一九九九）、『北限の猿』（一九九九）、『バルカン動物園』（二〇〇一）、『冒険王』（二〇〇一）、以上演劇

ぶっく社刊。『東京ノート・S高原から』（一九九五）、『転校生』（一九九五）、『火宅か修羅か・暗愚小傳』（一九九六）、『南へ・さよならだけが人生か』（二〇〇〇）、以上晩聲社刊。

第二章 〝日常〟を演劇にかえる方法論——青年団『東京ノート』

I

　青年団第二七回公演作品として上演された『東京ノート』（作・演出＝平田オリザ、初演一九九四年、於こまばアゴラ劇場）は、第三九回岸田國士戯曲賞受賞作品である。そのこともあって、平田オリザ・青年団の代表作の一つとして、以後も再演を重ねてきた。そればかりでなく、数年の後には、「九十年代の演劇のなかで最も重要な作品の一つであることは最早疑えない[1]」とまで評され、戯曲についても「九〇年代の新たな静謐美学[2]」と謳われるなど、『東京ノート』（戯曲／上演）とは、（八〇年代演劇と差異化された）新しい九〇年代演劇の登場を印象づける作品として画期をなすものだといってよい。

　さて、タイトルにも示されたように、『東京ノート』は、小津安二郎監督による映画『東京物語』（一九五三）をモチーフとした作品である。このことに関して、平田オリザ自身は初演時に次のように述べている。

　小津安二郎監督の映画「東京物語」のなかで、原節子扮する紀子が笠智衆と東山千栄子扮する義理の両親と、はとバスに乗るシーンがあります。バスは銀座を通って、どこぞのデパートの前で止まります。私はこのシーンが大好きなので、さてこのシーンをモチーフに芝居が作れないものかと考えました。

〔略〕

東京で生まれ育った私としては、やはり東京がまだ何らかの価値を有していることは嬉しいことでした。そしてここから、私なりの東京物語ができないものかと考えました。舞台は美術館のロビー、そこを通り抜けていく人々の物語を作ろうと考えて原稿用紙に向かいました。題名は、東京物語ではおこがましいので、物語になる一歩手前のところ、「東京ノート」としました。[3]

その概要はといえば、小津安二郎『東京物語』から〝東京での家族の再会〟というモチーフをひきついだ一幕物で、フェルメール展を開催している二〇〇四年の美術館のロビーを舞台とし、ヨーロッパでの戦火が背景として設定されている（そもそも、フェルメールの絵画は、ヨーロッパからの避難措置として日本に来ている）。そこに、田舎から出てきた長女とその兄弟たち＝秋山家の人びと、[4]絵を寄付する女性と彼女に関わる人たち、この二グループを中心とした多くの人びとが美術館を訪れては会話をし、あるいはただ通り抜けていく。従って、明快なテーマや起伏をもった物語は意図的に排されている。となると『東京ノート』とは、人の行き交うセミパブリックな場で、何気ない日常会話らしきものが投げ交わされていくだけの作品ともいえる。もちろん、重要なテーマへと展開し得る話題も少なからず散在しているけれど、それらが会話を通じて深められていくことはない。

それでも、『東京ノート』は、代表作として再演され、高い評価を得てきた作品である。ならば、『東京ノート』とは、具体的にどのような特徴をもった作品なのだろうか。この点に関して、初演時の前記事に次のような平田オリザの発言がみられる。

青年団若手公演『東京ノート』(2004年,こまばアゴラ劇場)© アゴラ企画・青年団。

「この美術館には、フェルメールという画家の絵が展示してあることにしたんです。レンブラントと同じ時代に活躍したオランダ人で、すごく緻密な絵画を描く。その描き方がちょっと変わっていて、暗箱――今でいうカメラを覗いた景色を描いていたようなんです。で、ちょっとずつ絵が歪んでたり、ピントがぼけてたりする。僕は彼の絵に、共感を覚える。と同時に〝物を見る〟ことの本質について考えさせられるんです(5)」

右の発言は、『東京ノート』初演から一五年以上へだてた今日、示唆的である。というのも、タイトルの影響もあって、『東京ノート』は小津安二郎の映画作品との内容的な関連や雰囲気の類似性において語られがちであったのだけれど、右の発言では、作品のポイントが、その実、フェルメールにあることが指摘されているのだから。

ここでフェルメールとは、単に一人の画家の名前ということではなく、『東京ノート』という演劇作品に描かれた様々な要素の結節点の謂いである。具体的にいえば、フェルメールの絵画こそが、美術館に人びとを集わせ、それがヨーロッパの戦火ゆえに日本に運ばれてきたことを想起させ、しかも〝見ること〟という主題を舞台に散りばめていくといった具合に、『東京ノート』の特徴的な相貌を活性化していく結節点に他ならないのだ。

Ⅱ

本書第一章でも検証した平田オリザの方法論は、戯曲という観点からいえば『ソウル市民』において一応の完成をみ、ブラッシュ・アップされた『東京ノート』によって、周囲からも承認されたということになる。その端的なあらわれが、岸田國士戯曲賞の受賞である。本節では、「第三十九回岸田國士戯曲賞選評(6)」を手がかりに、『東京ノート』の戯曲としてのポイントを確認するところからはじめてみたい。

井上ひさしは、「一見、演劇的なものをすべて排除しているかのようだが、しかし、よく見るとそうではなく、「世界の在りようを力強く示す」、そして「人間の心の在りようを正確かつ細やかに示す」という演劇の勘どころをしっかりと押さえてもいる」として、平田オリザのいうダイレクトな描写の達成を『東京ノート』にみている。しかもこれは、太田省吾の言をかりれば、「演劇が、何か結論めいたものを表現するためのものであり、その結論への集約・統合性をもとうとする制度からの解放が目指されている」といわれる「制度」への挑戦でもある。また、太田は「人間の生の、どの瞬間も結論づけられていない途上性」を見出すが、それは別役実が「従来の演劇と相違する最大のもの」として指摘した「舞台空間そのものが個有《ママ》の時間を内包している、という点」とも関連している。つまり、『東京ノート』にあっては、演劇に必要なもの（制度）として自明視されがちな〝はじめからおわりへと向かう物語〟が排され、そのための一つの仕掛けとして、線条的《リニア》な時間にかわり、あてもなく場を行き交う人びとの言動と相関関係を結んだ、たゆたうような時間が描かれている。これは、別役による、「ドラマの主人公が必ずしも個人としての人間ではなくなりつつある」という指摘とも関連しているだろう。

　このように、かなりの程度、平田オリザの演劇観に即した評価を得た『東京ノート』なのだけれど、具体的なレベルで第一に注目すべきなのは、〝劇的〟なものから転じた〝日常（性）〟である。そこで、『東京ノート』において、〝日常〟というモチーフが、〝日常〟的な台詞で描かれた場面から検討していこう。離れて暮らす家族（兄弟）との再会のために上京してきた長女・由美と、彼女を東京で迎えた義理の妹（弟の妻）・好恵が、フェルメール展を一通り見終えた後、休憩している際の一節である。

由美　オランダ人ってね、ああゆう何か日常的な絵をね、家の中に飾るのが好きなんだって。
好恵　へー、

由美　何でだろうね、そんなもん飾ったって、面白くないのに。
好恵　でも、お姉さんだって好きなんでしょう、あの絵。
由美　フェルメール？
好恵　でしたっけ。
由美　まぁ、好きだけどさ、お金出して一枚買って家に飾るんなら、もう少し派手な奴がいいんじゃないかな。
好恵　あぁ、なるほど、
由美　ねぇ、
好恵　でも、長く見るもんですからね、飽きがこない方がいいでしょう。
由美　あ、そうか、
好恵　カーテンの柄とかと同じでしょ。
由美　……芸術が解ってないわね。

右の場面における、フェルメールの絵画（芸術）とカーテン（〝日常〟的なもの）をめぐるささいな議論は、登場人物レベルをこえて『東京ノート』への自己言及ともとれる。『東京ノート』とは、右のようなモチーフとしての〝日常〟に、フェルメールという乱反射をみせる装置をかけあわせることで、〝日常〟をいかにして「芸術」（演劇）に変換《トレース》し得るかといった主題が、自覚的に問われた戯曲でもある。そのことは、周到に断片化して配された、秋山家の兄弟たちの会話を通じても示されていく。たとえば、開幕後間もなく、やはり由美と好恵に、次のようなやりとりがみられる。

由美　すいません、今日は、一日付きあわせちゃって、
好恵　いえいいえ、
由美　お忙しいのに。
好恵　忙しくなんかないですよ。
由美　そんなことないでしょう。
好恵　○毎日暇ですよ、だって／
由美　★あぁ、そう。
好恵　お姉さんは？
由美　え？
好恵　お姉さんはどうですか、毎日？
由美　うん、私は暇、仕事終わっちゃうと。
好恵　でも、ちゃんと仕事してるじゃないですか。
〔○は台詞の頭に少し間を入れる／★は前の台詞の語尾に重ねて言う／以下同〕

久々に再会した二人であり、後に明かされる通り好恵は離婚の危機を抱えているにもかかわらず、この段階ではそうした話題には近づいていく気配すらない。それどころか、話すべきこともない〝日

常〟それ自体が、話題のなさゆえに話題とされているのだ。
こうした様相は、二人に限られたものではなく、他の兄弟が揃ってもかわることはない。

由美　だって、せっかくみんなで久しぶりに会ったんだからさ、もっと別の話しようよ。
祐二　別のって何？
由美　なんか楽しい話、こういうところに行ったとか。こういうものを見たとか。
祐二　……ないよ、そんなの、きっと。
由美　ええ、
祐二　東京だってないんだよ、そんなの、別に。
由美　いや、東京だからとかじゃなくてさ、
慎也　まぁ、みんな忙しいからな。
　　　……
慎也　仕事の話してもつまんないだろう。
由美　いいよ、仕事の話でも、何でも。
慎也　★あぁ、そう？
由美　だって、たまに会ったんだからさ、いいじゃない、仕事の話とかしても、みんなが何してるかわかればさ。
郁恵　○私、毎日、コンピューターのプログラミングしてる。

由美　うん。
郁恵　そんだけ、
由美　……
祐二　おんなじだよ、家の話すんのも、会社の話すんのも。

もちろん、兄弟それぞれが抱えたトラブルや、全員に共通する親の面倒を誰がどうみるかなど、話しあうべき課題（中心化されてもよい話題）は、断片的に会話の合間にさしはさまれるものの、特定の話題が深められるように会話が進んでいくことはない。

さらに、劇の中盤になると、右の会話と同じトーンで中心的なプロットにもなり得る離婚の話題が、ことの核心から距離をとりながらさりげなく浮上してくる。休憩中に、自分の夫の好き嫌いについて由美から聞かされた好恵は、「本当は、泣くのは知ってたんですけど、角が嫌いなのは知りませんでした。」と、祐二が泣いたことを通じて夫婦関係のトラブルをほのめかす。好恵は自らその話題をうやむやにしながらも、しばらくの沈黙をへた後、次のように切りだす。

好恵　お姉さん、私、来年は会えないかもしれない。
由美　え、どうして？
好恵　……
由美　どっか、行くの、来年？

好恵　もうずっと、会えないかも知《マ》れ《マ》ません。
由美　……
好恵　泣いたんですよ。こないだ、祐二さん。
由美　え？
好恵　なんか他に好きな女の人がいるって言って、
由美　はぁ、
好恵　泣きたいのはこっちの方ですよ。
由美　……うん。

この話題も、やはり以後の劇中で展開されることはないのだけれど、由美にしろ好恵にしろ、忘れてしまったというわけではない。むしろ、表層の何気ない会話の一方で潜在的に伏流しつづけ、ラストシーンで再浮上して「逆にらめっこ」へと展開していくのだ。

好恵　私の絵、描いて下さいよ。
由美　え、好恵さんを？
好恵　えぇ、
由美　あぁ、うん。
好恵　ちゃんと私のこと見て。

由美　いいよ。（二人、見つめあう）
好恵　……にらめっこみたい。
由美　うん。
好恵　……逆にらめっこ。
由美　え？
好恵　泣いたら負けなの。
由美　うん。

ただし、ここでも具体的な言動としては、無言で見つめあうだけで、そのまま舞台は暗転して幕となる。その意味で、本章Ⅳで論じていく〝見ること〟という主題は、登場場面も多い主役級の二人によって印象的に演じられていくのだけれど、地方で両親の面倒をみながら、婚期を逃して一人で生きていく由美、あるいは、夫婦関係の危機にさらされている好恵の、内面的な苦悩や葛藤が明示的なかたちで演じられることはない。

Ⅲ

秋山家の兄弟たちを中心にみれば、話すべき課題を迂回するようにして会話が積み重ねられていくばかりの『東京ノート』なのだけれど、その一方、美術館に訪れる人びとのほとんどに、それぞれの仕方で気にされ、口にされる話題もある。戦争——ヨーロッパでの戦火とそれに関わる日常生活への影響がそれである。もっとも、それが話題として突きつめられていくことは、やはりない。それでも『東京ノート』では、戦争というモチーフが重みを担うことのないままに、断片化され、他の話題と並置され、語られていく。つまり、長谷部浩が指摘する通り、「戦争の原因や状況は、あからさまに語られることはない」、それゆえ「きれぎれの情報をつなぎあわせる作業は、観客にゆだねられている(7)」のだ。

『東京ノート』における、戦争に無関心な登場人物の言動について川口賢哉は、「他の国でいくら戦争があってもフラットな情報としてより何のリアリティーも持たないであろう多くの観客は、この役者の身振りと地続き」だとした上で、「この作品の「本当らしさ」はこの点にのみ立脚するのであり、その批評性は強い(8)」と論じている。戦争というテーマの連なりから映画『東京物語』との比較において『東京ノート』を論じる井上理恵もまた、登場人物が「戦争に間接的に荷担している」にもかかわらず、「戦争は自分達と関りないと考えている」点をふまえて、「この戯曲には世界戦争になるかもしれない状態の中で生きている人々が、火花が身近にないために自分のことし《ママ》て考えずほとんど戦争に無関心でいる恐ろしさが描かれている(9)」と指摘している。

いずれも、戦争というテーマからみた『東京ノート』の一面を正しくいいあてているけれど、登場人物個々の戦争に対するスタンスは必ずしも一枚岩ではない。『東京ノート』に描かれた戦争について考えるためには、少なくともそれぞれのタイプ別に腑分けした上で、作品全体としての構成も検討する必要がある。以下、やはり断片化された台詞によって展開される戦争をめぐる会話が、どのように配され、意味づけられているのか——こうした観点から『東京ノート』を読んでいこう。

美術館で再会した由美と好恵とが休憩している冒頭近くの場面には、次のやりとりがみられる。

由美 なんか、たいへんよねぇ、ヨーロッパも。
好恵 えぇ、
由美 どうなっちゃうのかな、
好恵 さぁ、
由美 でも、ここの絵とかも、戦争終わったら返すんでしょ。
好恵 そりゃ、そうでしょう。
由美 ずっと置いといてくれればいいのにねぇ。
好恵 そんな訳には行かないでしょう。
由美 まだ、どんどん来るんでしょ、だって、
好恵 結局、ヨーロッパ中の絵、全部こっちの方に避難させるみたいですからね。
由美 すごいわよねぇ、
好恵 えぇ。
由美 いつまで続くのかなぁ、戦争。

この会話によって、ヨーロッパでの戦禍からの避難措置としてフェルメールが日本に来ていることが示される。ということは、由美も好恵もそのことに気づいているはずである。にもかかわらず、二

人（特に由美）にとっては戦争よりも、フェルメールの絵の方が重要で、そのことばかりがクローズアップされていく。と同時に、戦争は、フェルメールを日本にもたらすことになった要因として後景に退いていく。しかも、この二人によって戦争に関する賛否が言明されることはなく、戦争に対しては、徹底して対岸の火事として傍観する姿勢が、ごく自然にとられている。

戦争について、規模や状況が具体的に示されることはないけれど、それは必ずしもヨーロッパだけの問題ではないようで、少なくとも好恵はそう思っている。というのも、フェルメールの絵に関して、やはり由美との間に次の会話があるからだ。

好恵　まだ、絵は来るでしょう、どんどん、
由美　うん。
……
好恵　日本が戦争にならなければ。
由美　あぁ、うん。

しかし、こうした日本も関わり得る戦争に対する危機感は、知識としては浮かんでも、実感はうすいようである。そのことは、本章でこれまでに引いてきた、由美と好恵との会話にも明らかだろう。フェルメールの絵画と戦争との関わりを知りながら、そのことについて深く考えようとしない二人であるにもかかわらず／それゆえ、彼女たちの夫や兄といったごく近しい人たちは、軍事産業に関

わっている。それでも、戦争に対する関心は、基本的には同じで、戦争それ自体が何かしらの危機感として受けとめられているようには、およそ見えない。秋山家の人びとによる次の会話を見てみよう。

茂夫 だけどさ、かわいそうだよね、うちなんか下請けですからね。
好恵 ええ、
茂夫 だからさ、働いてんのみんなロシアとかの難民の人なんですよ。
好恵 あぁ、
茂夫 あれって、自分たちの家族殺す武器とか作ってんですからね。
登喜子 あぁ、
祐二 まぁ、でも、逆かもしんないだろ。
茂夫 え?
祐二 守る武器作ってるのかもしんねぇだろう。
茂夫 あぁ、まぁね、
祐二 どっちにも売ってんだから、わかんねぇだろう、そんなの。

同じ職場にいて、目の届く外国人労働者への安易な同情をしてはみせるものの、それ以上に想像力を働かせる素振りは、彼/彼女らにはない。それどころか、右の同情を示した茂夫は、つづく会話のなかで次のようにふざけ、慎也にたしなめられもする。

茂夫　あのね、あのね、昔、トイレの便器にね、便座を下げないでお尻入れて抜けなくなって死にそうな思いしたことがあるんだ。
慎也　おまえ、もう帰れ。
茂夫　すいません。
由美　あんたは戦争行かないんでしょ。
茂夫　行かないよ、そんなもん。
由美　でも、みんな行くのよね、最近、
好恵　▲えぇ、
由美　▲やっぱあれかな、男の血が燃えるのかな。
好恵　▲あぁ、そいうい人もいるみたいですね。
〔▲はそでにはけながら言う〕

戦争を「そんなもん」という人物がいると同時に、戦争に行く人がいることも知っている秋山家の兄弟たち。ただし、それを「男の血が燃える」といった、個人の趣味嗜好の問題へと落としこむことで、いい、ことの深刻さと向きあうことは周到に避けられていく。

こうした兄弟の感覚を相対化するように、劇中には戦争に対して、より確かなスタンスを示す人物も描かれていく。美術館に亡父の絵を寄贈しに来た三橋と、そのつきそいで来た恋人・斉藤とは、美術館側との寄贈の相談の合間にロビーで次のような会話をする。

斉藤　引っ越しって、全部終わったの？
三橋　うん。
斉藤　行くことにしたよ。あれ。
三橋　え？
斉藤　平和維持軍、
三橋　え、本当？
斉藤　うん。
三橋　どうして？
斉藤　どうしてって、義務だから。
三橋　なんの？
斉藤　いや、ま、自分の。
三橋　全然わかんない、
斉藤　しょうがないでしょ。ヨーロッパで戦争止めなきゃ。日本も戦争になっちゃうよ。
三橋　別に斉藤君が止めなくてもいいでしょう。
斉藤　ま、僕が止めるわけじゃないけどさ。
三橋　……

ここに示されたのは、自分にとっての「義務」だと感じて平和維持軍なるものへの参加を決意する斉藤と、恋人という立場にあってその心情を理解できずにいる三橋のすれちがいである。両者とも、戦争をそれと意識し、（何かしらの手段で、誰かしらが）止める必要を感じつつも、その役割について斉藤は自ら引き受けることを、三橋は回避することを選んでいるのだ。そこには、二人が恋人であることや両者の性差も関わっているようにみえるけれど、一般化するならば、認識・自覚レベルと実践レベルとでの乖離が、この二人の言動によって示されているのだ。

さらに、美術館の一般来館客で、面識のない橋爪が、ロビーでこうした二人の会話を聞いてしまったのだろう、「戦争はんたーい。」と声をあげる。二人が気にせず会話をしていると、橋爪が積極的に介入してくる。

斉藤　止めたりして、ま、ま、とか言って、
橋爪　（少し大きな声で）戦争はんたーい。
寺西　やめなよ。
斉藤　僕のことですか？
橋爪　戦争はんたーい。
斉藤　だって、しょうがないじゃないですか。
橋爪　……本当にしょうがない？

斉藤　……えぇ、
橋爪　じゃ、ま、気をつけて。
斉藤　えぇ、

ここでも、戦争をめぐって劇を成し得る対立の萌芽がみられながらも、それは「しょうがない」の一言に封じこめられ、具体的に展開されていくことはない。
ここまでの、戦争へのスタンスの濃淡から、秋山家の人びとと三橋を第一レベル、斉藤と橋爪を第二レベルと捉えるとすれば、より戦争（反戦）に主体的関心をもった人物として、第三レベルに当たる学芸員の串本という人物が注目される（このように、作品全体で見れば、戦争に対するスタンスの濃淡は、少なくとも三タイプに書きわけられている）。

平山　串本さんやってたんでしょう？
串本　え？
平山　★反戦運動とか、ここ来る前は。
串本　あぁ、運動ってほどじゃないけどさ。
平山　いまはやらないんですか、あれ？
串本　やらないよ。足洗ったの。
平山　え、だって、最近でも、まだやってるじゃないですか、いろいろ、世間では。

串本　うん、まぁねぇ、

平山　どうなんですか、あぁいうのは？

串本　いや、まぁ、もうだって、戦争やってる方だって、誰が味方で誰が敵かわかんなくなっちゃってるじゃない。あれ。

小野　まぁ、そうですねぇ、

右の引用に端的に示されたように、『東京ノート』における戦争とは、劇中に具体的な情報が少ないために観客／読者にその全貌がつかめないというだけでなく、劇中の登場人物たちにとっても、何かしらはっきりした輪郭をもった事象としては把握されていないのだ。にもかかわらず、ことさら戦争に対して高い問題意識をもっているわけでもない登場人物たちにとって、ことあるごとに話題にされていく（右の引用は、戦争を話題にした会話というより、串本と会話するために、任意の話題の一つとしてその経歴が参照されている、といったニュアンスが強い）。それは端的に、『東京ノート』がフェルメール展を開催中の美術館ロビーをその舞台として選んでいることの帰結に他ならない。

こうした登場人物の描法が、劇作家・平田オリザによる、発表当時／現在の〝日本人（の戦争観）〟の反映であるならば、その舞台がさしあたり日本人観客に差しむけられたものであることを想起すればなおのこと、ここには批評性的アイロニーが看取される。そればかりでなく、劇作の立場からいうならば、この程度の〝日本人（の戦争観）〟のありようこそが、「リアル」の範疇という判断の帰結であることは間違いない。そうした三タイプの登場人物（あるいは、現実の〝日本人〟）の戦争観が、フェルメール展という劇中の設定によって、リトマス試験紙よろしく、半ば強引に炙りだされていくのだ。

Ⅳ

日常生活における離婚と、それらを包みこむ背景としての戦争が描かれた作品としての『東京ノート』――そのように考えるならば、内田洋一のいうように、確かにこれは「戦争という巨大な事件と小さな日常を対比させる」(10)ことで構成された作品だといえる。ただし、『東京ノート』の複雑な相貌は、単に遠景としての戦争／近景としての離婚、という図式に収まりきるものではない。本章Ⅲで検証したように、戦争に対するスタンスは三つのタイプを軸に個別に描かれていたはずであるし、さらにもう一つ、〝見ること〟という内容／形式双方を貫く主題が描かれている点も見落としてはならない（その意味で、いずれのポイントにも浅からぬ関わりをみせる串本とは、美術館という場と併せて、作品の基底を支え、様々な要素を結びつけていく重要な装置でもある）。

ならば、複数のレベルで『東京ノート』に遍在している〝見ること〟という主題の具体的な様相はどのようなものなのか。次に引くのは、由美が学芸員の平山に、フェルメールの絵について「生活の絵なのに、生活感がないでしょう。」と問うた後の会話である。

平山　あの、私も全然解らないんですけど。
由美　ええ、

平山　あれ、窓から光が入るでしょう。
由美　ええ、
平山　それで、光のあたってる部分だけが見えるでしょう、明るく。
由美　はい。
平山　そうやって、世界を切りとるんですよね、たぶん、生活から。
由美　あぁ、
平山　あと、全部、他は影で。

ここでは、一見「日常的」に見える場面ですら、画家による選別・排除が介在することが、絵画と演劇の類推《アナロジー》によって示されている。つまり、さりげなく〝日常〟を「芸術」へと変換《トレース》する仕方が、トリミング（見方・視界の変更）によって提示されているのだ。

加えて、学芸員の串本が、由美にカメラ・オブスクーラの説明をする際の会話もみておこう。ちなみに串本は、時代的に専門であるという設定によってカメラの解説をするのだけれど、戦争への関わりから〝見ること〟という主題の体現まで、作品全体のモチーフを集約しているという意味で、主人公とも呼ぶべき重要性を担っている。

串本　あぁ、あの、カメラっていってもいまのカメラと違ってですね、フィルムがないやつですから、もちろん現像とかもできなくて。

由美　はぁ、

串本　ただ、このくらいの箱でね、暗箱っていうんですけど、カメラ・オブスクーラ、先にレンズが付いていて、こー覗くと、見えるようになってるんですよ、被写体が。こっちから光が入ってきて。

由美　……

串本　いまのカメラのファインダーから覗くのと同じですよ。二眼レフの。

由美　でも、それなら、目で見ても同じでしょう。

串本　あれ、絵っていうのは結局三次元のものを二次元に切りとってるわけでしょう。

由美　はぁ、

串本　だから、どっかに無理があるんですよね。

由美　はぁ、

串本　だから、レンズを通して一つの画像を結んでね、それをまぁ、なぞっていくってことだったんでしょうね。

ここでは、二次元か三次元か、あるいはフェルメールが実際にカメラ・オブスクーラを使用していたか否か[11]、といったことは副次的な問題である。重要なのは、現実なるものとその表象（絵）には質的な差異（断絶）が横たわっており、その媒介として「レンズ」があるということだ。たとえば『東京ノート』が参照した重要な先行作品『東京物語』において小津安二郎が「非常に人工的かつ不自然なことをやりながら自然さを見せ[12]」たように、あるいはフェルメールにしても同様[13]だけれど、決してそれらは素朴な自然それ自体ではない。もちろん、平田オリザにしても、〝日常〟それ自体が劇として「リアル」に見えると考えていたわけではなく、そこには観客を意識した戦略があったはずだ。実際、平田オリザは井上ひさしとの対談のなかで、次のように述べている。

> 芝居のリアルというものは、観客がリアルであると感じるかどうかで決まる〔略〕日常生活を題材にするならば、その日常を組み立て直して、観客にとってリアルに感じる順に情報を出していかなければいけない。[14]

こうした発想を、『東京ノート』に即して先の絵画と「芸術」（演劇）の類推《アナロジー》で考えるならば、レンズになぞらえられる劇作家とは、現実なるものが、演劇においてもなお「リアル」であるため[15]の変換格子《コード》を仕掛けて調整する必要があり、『東京ノート』ではそのことが、自己言及的な仕方で実践されているのだ。内田洋一は、こうした事情を次のようにまとめている。

> 画家の目やレンズを通し見た世界がありのままの現実ではなく、三次元を二次元に「不自然」に定着させたものであるように、平田演劇もまた、劇作家の目で世界を「不自然」に再構成したものである。[16]

さらに、〝見ること〟という主題が『東京ノート』全体を貫いている点も看過できない。そもそも、美術館自体がすでに〝見ること〟を主題化した場なのだけれど、由美が始終その手から離さないカメラ、カメラ・オブスクーラに代表されるフェルメールの作画法に関する話題など、『東京ノート』には〝見ること〟という主題が、様々な局面・レベルにおいて偏在している。そうした主題を凝縮しているのは、美術館で再会をとげたかつての家庭教師・木下とその教え子・脇田による、次のささいな会話だろう。

木下　ものを見ている画家がいて、それを、また、見てるわけだから。
脇田　はぁ、
木下　描かれたものを見ているのか、画家を見ているのか、画家の世界を見ているのか、判らなくなる。

右の台詞は絵画と「芸術」（演劇）の類推《アナロジー》として、観客が舞台を〝見ること〟という状況・行為までが射程とされており、会話劇によって構築された〝日常〟とは一定の距離をとった視座が『東京ノート』には内包されている。つまり『東京ノート』とは、こうした仕掛けにより、描出された多層的な複数性を孕んだ〝日常〟が、〝日常〟の虚構《フィクション》＝演劇による再構成であることを自己言及的に明示した作品なのだ。それはいわば〝日常の「リアル」な再現〟とも見える舞台が、演劇という表象形式における虚構の上演であることの自己言及的な提示でもある。[17]

こうした地点において、改めて、演劇としての〝日常〟の再現＝表象とは何か、という問いが浮上してくる。その時『東京ノート』のポイントが、虚構《フィクション》＝演劇による〝日常〟の撹乱であったことがみえてくる。従って、〈静かな演劇〉とはその表層的な静けさの印象とともに、本章Ⅱで分析してきた戦略的な方法論に基づいて創られたものであり、『東京ノート』とは、〝日常の「リアル」な再現〟とは何か――こうした根源的なテーマを上演自体において考察した作品なのである。

ここで、改めて初演時の前記事を参照してみるならば、〝見ること〟という主題にふれた、次に引く平田オリザのコメントが掲載されている。

「目をそらさずに、現実の生活を見続けることで、何かが見えてくる。よく〝心の眼で見ることが大切〟だといわれますが、本当にそうか？　心の眼という主観より、客観的な眼で見るほうが、重要ではないかという気がするんです(18)」

「心の眼／客観的な眼」という論点は、『東京ノート』においては、由美と好恵とによって次のように展開されていた。

由美　あれね、『星の王子さま』でね、何か、心で見なくちゃよく見えないって話があるのね。
好恵　……？
由美　キツネがね王子にね、肝心なことは目には見えないって言うのね。

好恵 あぁ、

由美 でもさ、心でなんか見えないよね。

好恵 ええ、

由美 心でなんて、どうやって見るの？

現実的・物理的に不可視の内面を「心で見」ろという、もっともらしくも、その実、乱暴な〝見ること〟のありように、由美は徹底して懐疑的である。右の会話もまた寓話として、『東京ノート』への自己言及であると同時に、演劇という表現形態への批判でもある。〝それらしいものを提示して受け手の主観に委ねること、さらには、その帰結としてもたらされる「肝心なこと」への期待〟といった制度化された演劇表現／受容の仕組みを、平田オリザは『東京ノート』自体によって批判しているのだ。

ただの〝日常〟ではなく、虚構＝演劇《フィクション》としての〝日常〟をそれとして観客に届けるための戦略的な方法を介して、〝日常〟を「芸術」（演劇）へと変換《トレース》して提示すること。しかもそれを、不可視の何かではなく、具体的かつ可視的なものとして、提示すること。『東京ノート』において、フェルメール（カメラ・オブスクーラ）を例にした〝見ること〟という主題を通じて展開してきたのは、他ならぬそのことだったはずだ。その際のポイントは、カメラ・オブスクーラの説明につづく次の串本の台詞に示されている。

串本　一七世紀っていうのは、まぁ近代の始まりですからね、ガリレオの望遠鏡だとかね、顕微鏡だとかね、そうやってレンズを使って、とにかく、見えないものまで全部見るようになったわけですよ。小さいものも、宇宙のことも。まぁ近代っていうのは、そこから始まったわけですよ。レンズを通して、ものを見ると。客観的に見る。それは神の視点とは別のものですよね。そういう違いがある。〔以下略〕

対象それ自体を直接見るのではなくレンズを通して見ること、つまりは自分が受けとめられる形態に変換《トレース》した上で「客観的に見る」ということが、フェルメールという画家にとってのポイントだったのだ。それはそのまま、〝日常〟をそのまま舞台にあげるのではなく、観客が「リアル」な〝日常〟と感受し得る形態に変換《トレース》した上で、虚構《フィクション》＝演劇として提示するという平田オリザの演劇観、『東京ノート』という上演実践を支える方法論でもある。ここにこそ、『東京ノート』の革新的なエッセンスがある。

注

（1）川口賢哉「劇評　黒い笑いと静かな演劇」（『テアトロ』一九九八・五）

（2）能本功生「「小津様式」を徹底した九〇年代の新たな静謐美学　『平田オリザ戯曲集①東京ノート・S高原から』」（『週刊ダイヤモンド』一九九五・一〇・七）

（3）平田オリザ『東京ノート・S高原から』（晩聲社、一九九五）

（4）秋山家の登場人物は、慎也（長男）・登喜子（長男の妻）・由美（長女）・祐二（次女）・好恵（次男の妻）・郁恵（次女）・茂夫（三男）の七名である。

（5）平田オリザ「自分に興味のあること、同世代に興味のあることだけを書きたい。青年団『東京ノート』平田オリザ」（『クリーク』一九九四・五・二〇）

（6）「第三十九回岸田國士戯曲賞選評」（鴻上尚史『スナフキンの手紙』白水社、一九九五、附録）

（7）長谷部浩「せりふの流儀　東京ノート」（『日本経済新聞』一九九九・一・二四）

（8）川口賢哉「劇評　黒い笑いと静かな演劇」（『テアトロ』一九九八・五）

（9）井上理恵「戦争の影―「東京物語」から「東京ノート」へ―」（『社会文学』二〇〇四・六）

（10）内田洋一『現代演劇の地図』（晩成書房、二〇一〇）

（11）中村光一「フェルメールのカメラ・オブスクーラ利用説をめぐっての一考察」（『東京工芸大学芸術学部紀要』二〇〇〇・三）参照。

（12）蓮實重彥「小津安二郎―日本映画の海外の評価」（同『齟齬の誘惑』東京大学出版会、一九九九）

（13）面出和子「絵画における光と影―フェルメールの表現から―」（『女子美術大学研究紀要』二〇〇一・三）参照。

（14）井上ひさし・平田オリザ『話し言葉の日本語』（小学館、二〇〇三）における平田オリザの発言。

（15）各時代の様々な様式が、歴史的な可変項としての〈リアルであること〉を求めた帰結であると指摘する、瀬戸宏「シンポジウム《リアリズム演劇とは何か》報告」（『日本演劇学会紀要』一九九五・五）における太田省吾の報告を参照。

(16) 内田洋一「劇作家は歌を歌うか」(『悲劇喜劇』二〇〇〇・七)

(17)『東京ノート』を検討した日比野啓は、「平田オリザ「東京ノート」」(日本演劇学会・日本近代演劇史研究会編『20世紀の戯曲 3 現代戯曲の変貌』社会評論社、二〇〇五)において、同作が「さまざまなレベルで真実の表象不可能性を暗示する」と指摘している。

(18) 無署名「演劇のタブーに挑む異色劇団が送る、2004年の〝東京物語〟「東京ノート」青年団」(『a n・a n』一九九四・五・一三)

※戯曲の引用は、平田オリザ『平田オリザⅠ東京ノート』(ハヤカワ演劇文庫、二〇〇七)による。

第三章　見えないものを見る――青年団『ソウル市民』

I

平田オリザ作・演出による青年団『ソウル市民』（初演一九八九・八・三～八、於こまばアゴラ劇場）は、劇団の出世作であるばかりでなく評価も高い(1)。しかもそれは、単に作品としてすぐれているというにとどまらず、演劇シーンの新たな表現領域を開拓した先駆的な達成でもあり(2)、平田オリザも後に「この作品を書き上げて、もうその瞬間に、私は日本演劇史に名を残したと思った(3)」と回想しているほどである。

本章でとりあげる『ソウル市民』は、一九〇九年、韓国併合前年の在朝日本人一家の日常の一コマを切りとった群像劇で、そこに物語的展開はほとんどない。舞台とされるのは、文房具店を営んでいる篠崎家の居間であり、それゆえそこには家族の他、多くの人びとが訪れては去っていき、その過程で多くの会話が交わされていく。篠崎家には、女中として、日本語の話せる韓国人も雇われているのだけれど、多くの日本人たちは悪意すらない差別感覚を共有しており、そうした認識が台詞のはしばしからにじみでてくる――『ソウル市民』とはそうした作品である。

初演以来、韓国公演を含め、レパートリーとして再演を重ねてきた『ソウル市民』をめぐって、二〇〇〇年代中盤から、上演を通しての再評価、あるいは新たな意味づけの試みが目立っている。

一つは、世田谷パブリックシアターが「レパートリーの創造2005」と銘打った、フランス人演出家フレデリック・フィスバックによる『ソウル市民』上演である（二〇〇五・一二・一一〜二五、於シアタートラム）。フィスバックは、二〇〇〇年にやはり平田オリザ『東京ノート』を、平田オリザと共同演出し、フランス国内で上演した経歴の持ち主である。フィスバック演出版『ソウル市民』に関していえば、作品解釈よりも表層レベルでの斬新な演出・表現に重きが置かれた試みであった。そのため、政治性・歴史性の欠落が批判されもしたけれど[4]、当の演出家は、当日パンフレットに寄せた「あ、このおじいちゃん、変ですよ」と題された演出ノートにおいて、次のような戯曲理解を示してはいた。

> 平田オリザ氏は、『ソウル市民』で、家族のアルバムから抜き出した写真を私たちに差し出している。
>
> 彼は人の善と悪を明らかにしようとしているのではなく、小文字の歴史を語りながら、私たちの目を大文字の歴史に向けさせているのである。
>
> 私たちに、大文字の歴史について深く考え、思いを馳せるきっかけを与えてくれるのだ、子供の頃、家族の写真に浸ったように。

そうであれば、表現主義的な実験の勝った上演それ自体の評価を措くならば、演出家が「大文字の

青年団『ソウル市民』（1991年，こまばアゴラ劇場）© アゴラ企画・青年団。

歴史」を視野に入れて演出していたことは確かなことのようである。

次に二つめとして、青年団が第五二回公演として行った、〝ソウル市民三部作連続上演〟があげられる。『ソウル市民』の続編として、時代背景を一九一九年にとった『ソウル市民1919』（初演二〇〇〇年）に、一九二九年を舞台とした新作『ソウル市民　昭和望郷編』をあわせたシリーズ三作（作・演出はいずれも平田オリザ）が、吉祥寺シアターで青年団によって上演されたのだ（二〇〇六・一二・六〜一七）。この公演では、質量ともに充実した小冊子（当日パンフレット）が配布されたが、そこで平田オリザは、「歴史を、どう編みなおすか」という、日韓関係・植民地問題を考察したエッセイに加え、「ソウル市民三部作連続上演にあたって」という興味深い演出ノートを寄せてもいる。

当時〔『ソウル市民』初演の一九八九年〕の日本は、

右肩上がりの株価と地価に翻弄され、その繁栄が永久に続くものだと多くの人が信じている時代でした。バブル経済から、なんの恩恵も受けなかった私は、そのような世相に対して、怨嗟の念にも近い感情を抱いていました。『ソウル市民』に描かれた一九〇九年は、日露戦争にかろうじて勝った日本と日本人が、驕り高ぶり、その勢いをかって朝鮮半島を飲み込もうとしていた時代です。私は、その時代の日本人の姿を描写することで、一九八〇年代末の世相を描こうとしたのだと思います。

右の文章で年号が強調されていることにも明らかなように、平田オリザは一九〇九年と一九八〇年代末を重ねあわせることで、両者に通底する「日本人の姿」を感受している。いいかえれば、固有の歴史性を意識しつつも、（反復としての）普遍性をも見出し得るモチーフを探りあてているようなのだ。

最後に三つめとして、平田オリザも「歴史を、どう編みなおすか」でふれていた『ソウル市民』フランス公演がある。二〇〇六年一〇月、パリの国立シャイヨー劇場で上演されたアルノー・ムニエ演出『ソウル市民』については、いささかの時差をへて日本の媒体にも演出家インタビューが掲載され、その企図が汲めるようになってきた。一九七三年生まれのアルノー・ムニエは、「植民地主義を問う作品を上演したいと考え、いろいろ作品を探していた」ところ、『ソウル市民』の翻訳を読み、「一目惚れ」したという。

知らないでいたアジアの植民地主義に目が開かされたし、何より日本という特定の国の植民地主義を語りながら、植民地主義を普遍的に語る力があったからです。

伊藤博文の暗殺や釜山の軍隊などいくつかの暗示を除けば、具体的な歴史的引用はほとんどありません。作品の核心は、韓国に住む植民者の日常生活です。家族は日常的に、「普通の」「悪意のない」植民地主義を生きています。はなから攻撃的な人々でもありません。しかしそこには普遍的な意味での植民地主義と、その属性としての残忍さを可能にするものが潜んでいるのです。作中のソウルの家族は、占領地パレスチナに入植するイスラエル人でもありうるし、五〇年代末の植民地アルジェリアに住んだフランス人でもありうる。

逆に言えば、普遍的な歴史を語りながら個人の責任へと向かう作品です。それが平田オリザが示したことです。フランス人にも容易に理解できるし、問題なく通じるものです。[5]

してみれば、平田オリザが時間軸を普遍性へひらこうとしたのに共振しながら、アルノー・ムニエは空間をも広げる射程をもった作品として『ソウル市民』を捉えたことになる。

こうした、近年の動向から自ずと浮かびあがってくるのは、日本語で書かれた一九〇九年の物語である『ソウル市民』が、演劇表現・モチーフ双方の交錯点において、国／内外のコンテクストをうけていよいよ重要性を帯びてきたという事実である。[6] そこで本章では、初演から二〇年余になる『ソウル市民』をとりあげ、右に検証してきたコンテクストも視野に入れつつ、改めて演劇作品としてその細部／構造を精読していくことを目指す。

Ⅱ

ここで改めて、『ソウル市民』三部作についての、近年の評価をみておこう。

『ソウル市民三部作』では、韓国の延世大学に公費留学の経験もあり、その後も韓国の演劇関係者たちとの交流をつづけている平田は、綿密な時代考証に基づいて細部を積み重ね、朝鮮に住んでいる日本人一家の居間に焦点を絞り、彼らの日常生活のとりとめのない会話を描きながら、その背後に日本帝国主義の暴力を想像・批判させる。すでに定評のあるところだが、この演劇的力は驚きに値する。今日のポストコロニアリズムの視点からも、日本帝国主義のもとで、それに無自覚に日常生活を送り、朝鮮人を無意識に差別し傷つけつづける普通の日本人の愚かしさと残酷さが見事に舞台化されており、きわめて高く評価されてよい。(7)

ここには、劇作家のバック・グラウンドや、本章Ⅰでの議論の背景をなすコンテクストもとりこまれていて、『ソウル市民』への最大公約数的な評価といってよいだろう。

今からみればさほど衝撃的に映らないかもしれないけれど、初演『ソウル市民』とは、何よりその演劇としての表現スタイルの新しさにおいて、一部の演劇人に絶賛された画期的な作品であった。「青年団の『ソウル市民』という舞台は、ちょっとどうかと思うほど面白かったので、あいた、こりゃ凄いなと思」ったという宮沢章夫は、その原因を「〈物語の方法〉のレベルで刺激的」だという点に探りあてた上で、次のように論評していた。

> 『ソウル市民』が刺激的なのは、中心を作りだすことなく幾層もの物語が絡み合って形作られる、いわばポリフォニックな物語世界が、篠崎家の食堂という小さな空間と、区切られた時間の断面、そして何も起こりそうにない気配のなかで成立していることにある。[8]

右の評価は、「私は主義主張の演劇を否定し、世界をダイレクトに描写する演劇を目指したい[9]」という平田オリザの理念がよく舞台化されていたことの証左でもある。一方、韓国での『ソウル市民』公演時（一九九三）の劇評において岸田理生《りお》は、「平田オリザ作・演出による青年団公演『ソウル市民』は、優れた演劇作品であると同時に、一つの〈出来事〉であった」と絶賛する。「その当時の日本人が無意識の内に犯していた有罪性」の描出を高く評価した岸田は、次のように『ソウル市民』を評している。

> この作品の土台になっている『ソウル市民』――武力で犯した土の上に生まれ育った日本人家族は、リベラルな人々である。
>
> 犯した、という意識なく〝生活している人々〟である。そうした人々が、頻繁に茶を飲みながら日常会話だけをくりかえしてゆく中で、日本という国家の有罪性を浮び上がらせてゆく。[10]

こうしてみれば、『ソウル市民』とは、方法とモチーフとの絶妙なバランスによって成立した作品といってよく、宮沢は前者に、岸田は後者にアクセントをおいて評価したということになる。しかも、歴史学の高崎宗司が指摘する次のような歴史的現実を描くためには、両者は不可分にして不可欠のファクターであったはずなのだ。

日本による朝鮮侵略は、軍人たちによってのみ行なわれたわけではなかった。むしろ、名もない人々の「草の根の侵略」「草の根の植民地支配」によって支えられていたのである。(11)

以上をふまえた上で、先行研究を参照しつつ具体的に戯曲本文を検討していくが、それは同時に「普段の日常生活のなかでは見ることのできない、見過ごしてしまっている、あるいは見ないふりをしている精神の振幅を描くなら、演劇は、まだその役割を終えることはないだろう(12)」という平田オリザの演劇理論を、実作を通じて検証する作業でもある。

開幕直後、篠崎家の一員である慎二と、壁の修理に来た大工との会話からみてみよう。

慎二 僕はね、朝鮮で生まれたんだけど、朝鮮人が蛸を食ってるてのは、見たことがないよ。
大工 あぁ、
慎二 もちろん、うちで使ってる朝鮮人は食うんだけどさ、だけど、それは僕たちと一緒に食うからで、内心は、こんなものを食わされてと思ってるかも知れないじゃない。

ここで慎二は、ともに朝鮮という土地で生まれたことを認識しながら、自分と「朝鮮人」とをさりげなく、しかし着実に峻別していく。こうした、ささいな会話に溶かしこまれた民族の境界（線）意識は、『ソウル市民』に登場する日本人に共通のものだけれど、ここで慎二は、「うちで使ってる朝鮮人」が「内心」を隠している可能性を考慮している。そのことにも明らかなように、「〝善意〟(13)」に包まれた朝鮮人観の基底には、権力関係のヘゲモニー争いが見え隠れしている。つまり、雇用／被雇用という表層の契約関係に重ねて隠された、日本人／朝鮮人という、その実まったく根拠のない序列化とそれに基づく「無意識の差別(14)」もまた、篠崎家をはじめとする劇中の日本人に通底する要素として、この家庭劇を構成しているのだ。

しかもそれは、朝鮮の地で展開されるばかりでなく、「内地」から備給されるナショナリズムによっても強化されていく。次の会話には、そのことが如実に示されている。

慎二　あの、もう一つ、内地の新聞もとりたいんだけど、
宗一郎　うん、いいんじゃないの。
慎二　こいつ〔高井〕がね、小説が読みたいらしいんですよ。夏目漱石の、朝日新聞。

ここでは、朝鮮でも「内地の新聞」が購読可能な流通・インフラの現勢ばかりでなく、夏目漱石

『それから』（一九〇九）という文化記号に隠された意味も読み解く必要がある。というのも、小森陽一が指摘するように、「新聞を読む行為をとおして、銃後の日本人は戦争に参加していったのであり、新聞を読むという行為は、自らを国民化していく過程でもあった[15]」のだから。しかも、それは小説『それから』内の主人公・代助の振る舞いであると同時に、高井をはじめ、劇中の日本人、さらには現実世界の日本人の振る舞いと重なるものでもあったのだ。こうした、日／朝の序列化を伴う微視的な差異化は、時に大胆に舞台に投げだされもする。

一家の長である篠崎宗一郎の父（以下、「大旦那」）が『大篠崎商店の栄光の歴史』という書物を来年までに出版しようとするのは、「釜山で店出してから、三十年になる」からというにとどまらず、「朝鮮も同じ日本だってことになっちゃねぇ、面白くもなんともないから、」（宗一郎）だという。この時、大旦那や宗一郎をはじめとする劇中の日本人が、両国が「同じ」になることがいかにして可能なのか、その結果どのような事態が生じるか、といったことごとに対する想像力を働かせることはたえてなく、そうした意識の下で日々は営まれていく[16]。そうした認識地図から考えれば、謙一を東京に送りだすという話題に際して、次のような台詞がもれるのは必至である。

宗一郎　少しは、東京の冷たい風にも当たらせないと、

和夫　いや、でも、私なんかからすると、こっちの暮らしの方が厳しいですよ。

宗一郎　そりゃ、内地で育った方にはそうでしょうけど、こっちは、ほら、競争がないでしょう、商売でも何でも、

和夫　まぁ、朝鮮人相手じゃねぇ、たかが知れてますからね。

しかも、劇中の日本人が無意識裡に共有している認識地図にあっては、朝鮮人に対する「無意識の差別」が意識されることはなく、むしろ逆に「〝善意〟」が確認されるだろう。

和夫　日本語うまいね、あの子、
慎二　この家で育ちましたから、
和夫　あ、そう。
慎二　店に李斉潤っていうのがいるでしょう、
和夫　あぁ、あのよく気がつく朝鮮人、
慎二　あれの娘ですよ。
和夫　あぁ、なんだ。
宗一郎　淑子って名前も私がつけたんですよ。
和夫　そうですか。
宗一郎　これなら、朝鮮語読みもできるでしょう。

宗一郎の台詞に明らかなように、淑子のことを慮ってつけたその名前は、命名によって朝鮮（人）を領有していく帝国主義的な欲望そのものである。(17) 同様の認識地図は、篠崎家令嬢の愛子や日本人の使用人（福島・鈴木）にも通底している。日本と朝鮮とが「一緒の国」になるという話題に際しては、次のような会話がみられる。

愛子　だから、そういう〔日本内での男・女や親・子のこと〕、あなたと淑子の関係は変わらないわけで、年上とかね。そういうのは変わらなくて、あとの残りが同じになるわけよ。そういうベイシックな部分が。
福島　ベイシックって何ですか？
愛子　おおもとの、土台とかいう意味よ。
福島　でも、うちの田舎で、日本人と朝鮮人が一緒だなんて言ったら、みんな驚いちゃいますよ。
愛子　ダメよ、淑子の前でそんなこと言っちゃ。
福島　あぁ、ごめん。
淑子　いえいえ。
福島　でも、私がどう思ってるかってことじゃなくて、やっぱり、うちなんか田舎ですから。
愛子　まぁ、そりゃねぇ、
鈴木　難しいわよねぇ、急に一緒とかって言われてもねぇ、

「でも、世間は、なかなかねぇ、」という鈴木の台詞と同様に、両国（人）が「同じになる」ことへの抵抗を口にする福島もまた、不特定多数の集団（「田舎」）をもちだして、つまりは個人としての責

任を回避した場所で、「田舎」の規範に従うことで、「日本人と朝鮮人」との間にある境界線を改めて浮上させ、かつ、その自明性を説いてみせる[18]。

こうしてみてきた『ソウル市民』における、日常的な会話とその基底を成す認識地図については、同一の舞台をめぐって交わされた次の時評文が有益な視点を提供してくれる。

香川　僕は例えば「ソウル市民」でいうと、要するに全く歴史を知らない観客が観るとすると、植民地支配のそれはわからないわけですよね。だからドラマ構造としてですよ、そういうことをちらっと感じさせるようなそういう劇の構造にできないものかなと思ったりして観てましたね。

岩佐　でも、一つの場所、食卓という定点を通して、鮮やかに日本の植民地支配の歴史を描ききったのは見事です[19]。

歴史的知識という条件の有無はあるものの、見事なまでに対照的な右の見解は、そもそも「植民地支配」という言葉にこめた意味内容のすれちがいに端を発したものである。歴史的知識を取り沙汰していることにも明らかなように、香川が指示する「植民地支配」とは大文字の歴史であり、対して、「描ききった」とまでいう岩佐が指示している「植民地支配」とは小文字の歴史に他ならない。従って、双方ともそれぞれの見方に基づく印象として正否はないけれど、本節での分析でも示したように『ソウル市民』の焦点が見えにくい在朝日本人の認識地図の描出であったことを想起すれば、香川の見方からはもれていく戯曲・上演の肌理が、岩佐の見方においては捉えられていたといえる。

『ソウル市民』初演時に、「面白かったのは、ストーリーや演出のあちこちに「不在」があることだ」と述べた布施英利は、本章Ⅱの議論とも重なる次のような指摘をしている。

舞台の時代設定は、日本が朝鮮を植民地化する前年のソウル。そこに住む日本人一家の家庭である。しかしこの家のリビングルームには、そんな歴史の荒波の影すらもない。いやそういう「時代」は、観客には見えるのだが、舞台上の家族の頭には、そんな問題意識はない。〔略〕たしかに登場人物に悪意は「ない」。不在だ。しかしそれが罪を生み出している。

そういう「見えない」ものを描き出すことで、平田オリザの芝居は成り立っている。(20)

印象レベルにおいては正鵠を射た右の評において真に興味深いのは、「見える／見えない」という『ソウル市民』の主題を照らしだした点であり、それは「歴史の荒波」としてだけでなく、具体的・可視的なエピソード・登場人物として描出されてもいたはずなのだ。

ここで改めて『ソウル市民』を「見える／見えない」という主題から読み解くならば、たとえば本章Ⅱでの分析は、微細化され日常生活に溶けこんだ認識地図を照らしだすことで、「見えない」（見えにくい）ものを「見える」（垣間見える）ものへと変換《トレース》する読解だといえる。別のいい方をすれば、

『ソウル市民』では、「見える／見えない」という上位主題に包摂されて下位主題群が配されており、その一つが一九〇九年における在朝日本人の認識地図だったわけである。

では、「見える／見えない」という主題の射程を、次のエピソードから検討してみよう。

高井　こないだなんかね、原稿書こうと思って〔大旦那に〕話聞きに行ったら、一時間近く、朝鮮人と日本人の見分け方話すんですよ。
慎二　そんなもん、見れば判るんじゃないの。
高井　風呂場とかでですよ、何も服とか着てないで、
慎二　判るだろう。
高井　判んないですよ。
慎二　そんなことないだろ。
高井　じゃ、どうやって判るんですか？
慎二　だから見ればさ、
高井　判んないですよ。
慎二　判るんじゃないの。
高井　判んないって、
慎二　そんなことないだろう。
高井　まぁ、大旦那様も、判るって言うんですけどね、

慎二　どうやって？

高井　それが、何度聞いても判んないんですよ。

同語反復にもみえる右の会話は、しかし反復されざるを得ない論理的な説明不可能性にこそ、そのポイントがある。「どうやって判るんですか？」という高井の問いに対して、「一時間近く」話したという大旦那にしても、「見れば判る」と繰り返すばかりの慎二にしても、納得いくかたちでこたえてはいない。それでいて、「判る」ことそれ自体が、大旦那や慎二において疑われることは、さらにない（つけたせば、にもかかわらず、高井は両者のこたえに不満をもつことはなく、いずれ「見れば、判る」日本人になるだろう）。しかも、それが「朝鮮人と日本人の見分け方」である以上、軽い調子で展開していく右の会話は民族主義を肯定しつつ上書きしていく作用をもつ。しかも「朝鮮人／日本人」の峻別に伴って序列化も進行し、そうして生成される認識地図が、ある時・ある場所で表出されるならば、それは差別と呼ばれ得るものとなるだろう。してみれば、右の会話は、そのトーンの軽さから内容の政治性、さらには世代の振幅なども含めて、「見える／見えない」という『ソウル市民』の主題を集約的に体現したエピソードと位置づけられるはずだ。こうした問題含みのモチーフが、平田オリザ独自のスタイル――〈静かな演劇〉という様式によって淡々と表現されるところに、「普通で恐ろしい会話[21]」の真骨頂がある。

他方、登場人物化された「見える／見えない」という主題は、手品師の柳原が体現していく。劇中で行方不明となることで注目された柳原なのだけれど、まず確認しておくべきなのは、彼が日本から来ることになっていた愛子のペンフレンドの代理に映る点だろう。篠崎家の人びとが興味を異にしながらも待ち望んでいたペンフレンドがあらわれることはなく、劇中で伏線は張られたものの、唐突に、しかし日本からの来訪客という最大の属性を同じくする人物があらわれたのだから、柳原はペンフレンドの代補と位置づけることができる。しかも、登場場面が少ないながら、劇中における柳原の存在は重要である。そもそも柳原は、手品師としてだけでなく、次のように紹介される人物でもあった。

慎二　手品、やるんですよねぇ、
柳原　えぇ、あと、最近は、千里眼を少し。
慎二　千里眼？
柳原　えぇ、
慎二　あぁ、
淑子　（Eの椅子に戻って）千里眼ってなんですか？
慎二　あれ、知らない？　なんか、ものを見ちゃうんでしょ？
柳原　えぇ、まぁ。
淑子　ものを見るってなんですか？
柳原　正確には、見えないものを見るんですけど。

この柳原の職業設定が「見える／見えない」という主題、さらには『ソウル市民』という作品全体にとって意義深いのは、それがすでに引いた大旦那のエピソードの変奏として、次の会話を導くからだ。

柳原　あんた、朝鮮人でしょう。
淑子　はい。
福島　そんなことも判るんですか。
柳原　え、
鈴木　そりゃ、見れば判るでしょ、
柳原　そりゃねぇ。
福島　そうか、

こうして人種の峻別が進められていくのに加えて、千里眼については、『ソウル市民』に頻出する文学の話題と同じく、明治末年における日本でのコンテクストも考慮すべきだろう。ここで、千里眼をめぐる同時代の動向を分析した一柳廣孝の議論を参照しておこう。

千里眼の流行とは、「近代」、「科学」が夾雑物を切り捨てていくなかでの、「夾雑物」の最後のあがきだった。近代科学のイメージが固定し、絶対化しつつあるなかで、その科学の相対化をうながす武器として、千里眼は機能した。西洋直輸入の「新科学」、心霊学が、千里眼の解釈格子としてひろく喧伝されることで、「千里眼」はもっともトレンディーな「思想」の代名詞となった。[22]

「千里眼」が近代化へのノイズとして「トレンディーな「思想」」であったのならば、柳原の篠崎家への闖入は領土拡大を志向する近代日本に対する批判の寓話といえよう。さらに、柳原が行方不明となる帰結は、批判を排して日本が韓国を帝国主義的欲望で塗りこめていく歴史（のゆくえ）を示唆しているようにもみえる。こうした柳原の存在を、平田戯曲における「解決されない小さな謎」と呼んだ内野儀は、それを「リアリズムが徹底して排除せざるをえなかった〈リアルなもの〉」[23]と意味づけており、先に引いた一柳の指摘とも共振をみせている。

以上を総合するならば、『ソウル市民』とは近代における「「経験世界の拡大」[24]」を、在朝日本人の一家庭を通して描出することで、小文字／大文字の歴史の交錯点を照らしだした演劇作品といえる。可視的に拡大されたのが植民地だとすれば、不可視の領域で拡大されたのは、本章Ⅱで析出した認識地図ということになる。そして、両者の蝶番《ちょうつがい》として、「見える／見えない」という主題を担ったのが、千里眼であり柳原であったのだ。

ここで、表現スタイルに論点を移してみるならば、そこでも「見える／見えない」という主題は『ソウル市民』の基底を成している。「平田戯曲においては不可視の要素が様々な力学をもって、本篇の世界像を多層的に構築していく[25]」という特徴は、『ソウル市民』にも該当する。演劇／映画と、その表現ジャンルを異にするものの、「別のところに――アレクサンドル・アストリュック『女の一生』」と題されたゴダールの一文は、小文字の歴史（篠崎家を中心とした在朝日本人の認識地図）を描くことで大文字のそれを「わかるように見せる」という、『ソウル市民』の表現スタイルをよく説明している。

事実、困難なのは林を見せるということではなく、ある居間を、その目と鼻の先に林があることがわかるように見せるということである。そしてさらに困難なのは、海を見せるということではなく、ある寝室を、そこから七百メートルのところに海があることがわかるように見せるということなのだ。[26]

ここまでの本章の議論で検証してきたように、「見えないものを見る」という主題が内容（モチーフ）・形式（表現スタイル）双方を貫くことで『ソウル市民』の基底は形作られており、それゆえに、本章Ⅰで紹介した近年の上演動向が導かれたのだ。

Ⅳ

『ソウル市民』結末近くでは、劇中唯一の事件といってよい謙一の家出が描かれるのだけれど、それはプロットとして展開することはおろか、劇中人物の驚きを誘うことすらほとんどない。それにかわって閉幕を縁取るのは、篠崎一家の肖像写真であり、それを眺める篠崎家の人びとである。このことは、『ソウル市民』という作品の内／外にまたがるかたちで記憶という主題を呼びよせる。そもそも写真には、次のような作用があるという。

写真を撮るとは、たしかに「閉じ込める」ことではある。しかしそこには、あとで「展開＝現像する《デヴロペ》」という意図が伴っている。映像を眺め、それについて語ることによって、私たちは、自分たちがあまりにも性急に生きた出来事の記憶を呼び起こし、そうして自分のリズムでその出来事を消化＝同化することができるようになる。(27)

もちろん、『ソウル市民』において、篠崎家の人びとが自身の像＝認識地図をそれとして「展開＝現像する《デヴロペ》」ことはないままに、幕は下ろされる。にもかかわらず／それゆえ、この写真とその「展開＝現像」は〝空所〟として、しかし劇中で提示された問いとして現実世界の観客（読者）に委ねられる。この地点で、平田オリザが〝ソウル市民三部作連続上演〟に際して書いた、「ソウル市民三部作連続上演にあたって」を読んでみよう。

植民地問題とは、決して過去にあった「ある出来事」ではありません。人間が人間を支配するということ。そこから来る様々な人間関係の歪み。ねじ曲げられた記憶。作家の仕事は、それらを正面から見据えて、現代にも通じる問題として扱うことだと私は考えます。

後年書かれたものではあるけれど、一九〇九年を在朝日本人として生きた人びとの描出＝提示を通じて、平田オリザが『ソウル市民』で目指していたものが、現在からの過去の一方的な裁断でないことは明らかである。そうではなく、「現代にも通じる問題」としての「植民地問題」に、換言すれば「植民地問題」をめぐる「記憶」に向きあうということ――それは劇中の在朝日本人というよりはむしろ、その姿を通じて、『ソウル市民』という演劇作品に出会った観客（読者）に差しむけられた課題だといえる。

実際、冒頭で紹介したアルノー・ムニエは、そうした問題を提起する作品として『ソウル市民』を理解している。「――フランスも負の歴史にきちんと向き合っていないということですが、日仏の植民地主義をどう見ますか。」というインタビュアーの問いかけに対して、アルノー・ムニエは次のように応じているのだ。

『ソウル市民』は、集団的な記憶への呼びかけです。
日韓は、いまだに緊張関係にあるでしょう？　それは日本で集団的な「記憶の作業」が行われていないことを示しています。必然的に、そこから戻っていく国民一人一人、個人の責任の問題も問われていません。『ソウル市民』が書かれたのは、昭和天皇が亡くなる時期でした。第二次大戦時の天皇なのですから、日本人が集団的な「記憶の作業」を行うよう期待して創作されたはずです。(28)

こうした「呼びかけ」に、当の日本人は果たしてよくこたえ得てきた／いるだろうか。
フランス人演出家が見出した『ソウル市民』が内包するアクチュアルな批評性は、『ソウル市民』

を安全無害な彼岸の虚構《フィクション》＝演劇、あるいは絵空事の芸術としてのみ受容＝消費することを拒む。もちろん、そうした受容＝消費は現実には起こり得るが、少なくともその時、『ソウル市民』がそれといして受けとめられたとはいえない。確かに『ソウル市民』は、直接的なモチーフとしては〝韓国（で）の過去〟を描出しているが、その実〝日本の過去〟と〝日本の現在〟をも二重三重写しに浮かびあがらせる、重層的な演劇作品なのだ。

従って、〝日本の現在〟や日韓関係の現在に鑑みて、『ソウル市民1919』（初演二〇〇〇年、於利賀山房）・『ソウル市民　昭和望郷編』（初演二〇〇六年、於吉祥寺シアター）が平田オリザによって三部作として書きつがれていったのはけだし当然のことであり、それは「負の歴史」との向きあい方が、今なお日本（人）の課題であることを問わず語りに示してもいる。二〇一一年には、新作として『ソウル市民1939　恋愛二重奏』・『サンパウロ市民』も加えた〝ソウル市民五部作連続上演〟（二〇一一・一〇・二九～一二・四、於吉祥寺シアター）として上演され、このシリーズは五部作として整えられたことになる。今後も、包括的な研究が必要とされる重要作品（群）であることは間違いない。

注

（1）一例として、丸田真悟「2曲の歌 中心と周縁 青年団「ソウル市民1919」を観て」（『テアトロ』二〇〇〇・一二）では「1990年に発表された「ソウル市民」は、日韓併合の前年1909年、ソウルに暮らす日本人の家庭を描いた作品。日本の植民地政策の愚かさと、朝鮮に暮らしながら、内地と何ら変わりなく暮らそうとする日本人の小市民ぶりをあぶり出した秀作だった。」と評されている。

（2）宮沢章夫・岡田利規「CUT UP 80's 演劇」（『スタジオ・ボイス』二〇〇七・二）で、宮沢章夫は『ソウル市民』にふれて「80年代の方法論への彼（平田オリザ）なりのアンチテーゼである」と発言している。

（3）平田オリザ『地図を創る旅　青年団と私の履歴書』（白水社、二〇〇四）

（4）田之倉稔・越光照文「対談 演劇時評」（『悲劇喜劇』二〇〇六・三）

（5）A・ムニエ／中村富美子＝聞き手「インタビュー フランスで『ソウル市民』を上演する―日仏の植民地主義、アートと政治の関係を問う」（『世界』二〇〇八・三）。なお、A・ムニエ「きんようぶんかインタビュー『ソウル市民』フランス公演演出家に聞く」（『週刊金曜日』二〇〇七・二・一六）も併せて参照。

（6）内野儀は「劇評　政治的上演は可能か?」（『テアトロ』一九九三・七）で、「実際この舞台は、決して新たな政治性を喚起しはしないが、古典的な意味での政治性を少なくとも胚胎し、そしてそのことに十分意識的な「まじめな劇」なのである」と評していた。また、（演劇を離れて）歴史・思想のコンテクストから捉えれば、「植民地に暮らした日本人の生活意識・精神構造は、今日に至ってもなお克服されえない日本人の「帝国意識」の典型をなすものと考えてよい」という、尹健次『孤絶の歴史意識』（岩波書店、一九九〇）の指摘もある。

（7）浜名恵美「移動する現代（日本）演劇　平田オリザ作『ソウル市民三部作』、野田秀樹作『The Bee』、三谷幸喜作『笑の大学』」（同『文化と文化をつなぐ　シェイクスピアから現代アジア演劇まで』筑波大学出版会、二〇一二）

（8）宮沢章夫「〈物語の困難〉における〈物語る方法〉」（『しんげき』一九九一・九）

(9) 平田オリザ『平田オリザの仕事①現代口語演劇のために』(晩聲社、一九九五)
(10) 岸田理生「青年団『ソウル市民』韓国公演　日本人が有罪であることの証」(『月刊金曜日』一九九三・七・二三)
(11) 高崎宗司『植民地朝鮮の日本人』(岩波書店、二〇〇二)
(12) 平田オリザ『平田オリザの仕事②都市に祝祭はいらない』(晩聲社、一九九七)
(13) 西郷公子「日常に巣くう暴力性描く　劇団青年団ソウル市民」(『神奈川新聞』一九九三・七・三)
(14) 森秀男「劇評　歴史の痛みを鋭く　青年団「ソウル市民」」(『公明新聞』一九九八・一二・九)
(15) 小森陽一「代助と新聞―国民と非国民の間で」(『漱石研究』一九九八・五)
(16) 「早く、一緒の国になればいいのにねぇ。」という愛子の台詞が、その端的な例。
(17) 市村弘正『増補［名づけ］の精神史』(平凡社、一九九六) 参照。
(18) こうした責任の所在(差別の主体)をブラックボックスに溶かしこんでの振る舞いは、その後のアジア・太平洋戦争を支えていくことになる「無責任の体系」(丸山眞男)と地続きのものである。
(19) 香川良成・岩佐壮四郎「対談 演劇時評」(『悲劇喜劇』二〇〇七・三)
(20) 布施英利「美の標本室」(『毎日新聞』二〇〇〇・三・三夕)
(21) 菊井朋子「いま注目の劇作家、平田オリザの意欲作『ソウル市民』。」(『ターザン』一九九三・六・九)
(22) 一柳廣孝『〈こっくりさん〉と〈千里眼〉』(講談社、一九九四)
(23) 内野儀「平田オリザはリアリズムか?」(同『メロドラマの逆襲「私演劇」の80年代』勁草書房、一九九六)

（24）関一敏「透視と念写―明治末期の千里眼新聞報道に見る「神話」表象―」（『岩波講座文化人類学　第10巻　神話とメディア』岩波書店、一九九七）

（25）本書第一章参照。

（26）J＝L・ゴダール／A・ベルガラ編／奥村昭夫訳『ゴダール全評論・全発言I　1950―1967』（筑摩書房、一九九八）

（27）S・ティスロン／青山勝訳『明るい部屋の謎　写真と無意識』（人文書院、二〇〇一）

（28）注（5）に同じ。

※戯曲の引用は、平田オリザ『ソウル市民』（演劇ぶっく社、一九九九）による。

第四章　こえていこうとすること――日韓共同制作『その河をこえて、五月』

I

　平田オリザによる多言語演劇の端緒となったのは、本章でとりあげる『その河をこえて、五月』（作＝平田オリザ・金明和《キム・ミョンファ》、演出＝李炳焄《イ・ビョンフン》・平田オリザ、初演二〇〇二年、再演二〇〇五年、於新国立劇場）である。本作は主要クレジットにも明らかなように日韓共同制作作品なのだけれど、それは机上で空疎に語られるタイプの多文化主義や異文化理解とは明確に一線を画す、現実世界のさなかから生みだされた、演劇という表現形態をよく生かした成果であった[1]。何より、企画から共同執筆[2]、共同演出・稽古、そして上演に至るまでの現場は、日韓双方のスタッフがそれぞれの歴史を（陰に陽に）抱えて携わる、その意味で生々しい葛藤の軌跡であったはずで、そうした一連の過程と両国での公演それ自体が劇的な出来事であったともいえるだろう。

　多言語・多文化演劇『その河をこえて、五月』は、後述するように、複数の意味において〝迷子〟である登場人物たちが花見をするだけの話である。いいかえれば、ある一続きの時間・ある限られた場で切りとられた群像劇としての〝迷子たちの花見〟、とそのストーリーを要約することができ

新国立劇場『その河をこえて、五月』(2005年，新国立劇場小劇場 THE PIT) © 谷古宇正彦

る。本作は、日本のコンテクストでいえば「2002年日韓国民交流記念事業」としてワールドカップ・サッカー日韓共催の年に初演、後に「『日韓友情年2005』記念事業」として再演された（双方とも新国立劇場）。その成果は、観客の支持[3]ばかりでなく、日韓両国で高名な演劇賞（日本＝第2回朝日舞台芸術賞／韓国＝'02今年の演劇ベスト3賞）に輝くことなどによって示されもした。日韓の文化交流を演劇作品それ自体において実践的に体現し得たという意味で、本作は稀有かつ幸福な作品といってよい。そうであるにもかかわらず、本作についての十分な検討はいまだなされていないのが現状である。そこで本章では、より洗練された二〇〇五年版の『その河をこえて、五月』を俎上にあげて[4]、具体的に検討する試みとして出発する。

その際、本章の議論においては、演劇作品を現実世界（とその歴史）の素朴な反映論として短絡するのでも、また、等閑視するのでもなく、『その河をこえて、五月』を具体的な手がかりとして今日的な問題を考えていくことを目指す。[5] ここで今日的な問題とは、現実的・政治的な日韓関係それ自体のことではない。そうではなく、それらをモチーフとしながら多言語・多文化演劇として練りあげられた『その河をこえて、五月』を読む／見るといった本章での作業を通じて浮かびあがってくる、複数のフェイズにおけるグローバリゼーションの進行を背景としたポスト・コロニアルに関わる問題系である。[6]

Ⅱ

初演時以来「Across the River in May」として付された英語タイトルにも明らかなように、『その河をこえて、五月』は〝こえていこうとすること〟を全編の主題に据えている。〝こえていこうとすること〟とは、登場人物レベルで考えれば、まずは海をこえて韓国にきた日本人たちや、カナダに行こうとする金才浩《キム・ジェホ》・羅旅珠《ナ・ヨジュ》夫婦が体現するものである。また、言語コミュニケーションから考えれば、日本語／韓国語とそれらのカタコトと翻訳、あるいは世代間のコミュニケーションとそのつまづき、日韓両国の交流とその（不）可能性を指しもする。さらには、日帝時代を生きた鄭《チョン》クッダンや在日韓国人である朴高男《パク・コナム》のようにして形成された主体の複数性など、様々な変奏を伴って『その河をこえて、五月』に散りばめられている。こうした様相は同時に、作品世界に重層的に張りめぐらされた境界線の所在をも示唆している。

ある限られた時と場所に、多様な出自をもつ人びとが集い語ること――それは互いの異質性に直面しながら、それを規定する境界（認識）を浮き彫りにすることを意味する。ただし、（韓国にきた日本人という初期設定を除けば）劇中では誰も越境を成し遂げていない以上、彼／彼女らとその言動は〝迷子〟たることを免れ得ない。もちろん、劇中で繰り返し〝迷子〟のお知らせが放送されるなど、〝迷子〟は字義通りにいっても重要な要素なのだけれど、それだけでなく、アイデンティティをめぐる混乱・ゆらぎもまた〝迷子〟である登場人物たちを彩っていく。こうした『その河をこえて、五月』の相貌をポジティブに捉えるならば、S・ホールが語る次の一節が示唆的である。

> アイデンティティの概念は、アイデンティティが決して統一されたものではなく、最近においては次第に断片化され、分割されているものであることを認める。アイデンティティは決して単数ではなく、さまざまで、しばしば交差していて、対立する言説・実践・位置を横断して多様に構成される。アイデンティティは根元的な歴史化に従うものであり、たえず変化・変形のプロセスのなかにある。(7)

劇中の登場人物たちと『その河をこえて、五月』の上演は、そのまま右の指摘を実演するようでさえある。しかも、そうした過程がすぐれて個人的な記憶・体験に基づく主体形成や感受性のレベルで捉え直され、それらが舞台上で生きる俳優の身体と有機的に結びつくことで獲得されるリアリティによって、この作品の説得力は生成されていく。それはたとえば、サラリーマンとして社会的な位置をもつ西谷次郎と、不登校体験を抱える林田義男との、年齢的にも非対称的な会話において示される。それは、韓国人社員への批判をつづける西谷に、「だって、それは、韓国の人が問題なんじゃなくて、管理職としての西谷さんの能力の問題でしょう。」と林田が応じる際の、韓国（文化）に対する温度差を加味した演出・演技などに垣間見られるものである。

　他にも、登場人物の性格や人間関係と政治的主題の交錯は、日常会話に溶かしこまれて随所に見られ、様々な文化事象に関して大文字／小文字の切り結び・往還が仕掛けられていく。加えて、こうした多様な立場・感覚・話題の細分化された配置によって、観客は登場人物／エピソードの誰か／いずれかに興味・関心を抱きやすくなり、劇世界を身近に感じ得るという、いわば観客参入の回路も準備されていく。

　ただし、登場人物たちは劇中にあっては〝迷子〟として存在しており、それゆえ、自分自身を含めた状況を鳥瞰的に眺め得るわけではない。そこで、本作における〝境界をめぐる物語〟の輪郭とその批評性を探るために、まずは〝迷子〟という主題から、『その河をこえて、五月』を読み解いてみよう。

　舞台はソウルを流れる漢江のほとり、かつて日本人が植えていった桜のそばで、韓国語学校の教師・金文浩《キム・ムンホ》とその生徒である韓国在住の日本人たちのグループと、金文浩の家族のグループとが花見をはじめる。上手のゴザに韓国グループ、下手のゴザには日本グループが位置どり、視覚的にも日／韓のへだたりが示された空間で、グループ内／外を往還する言動が積み重ねられていく。ただし、それぞれのグループが、単純に「韓国（人）」／「日本（人）」とくっきりわけられているわけでは、決してない。日帝時代を生きたクッダンと佐々木久子、在日韓国人の朴高男《パク・コナム》、さらには「語学能力と欠如によって一応截然と二つに分けられた日本人と韓国人の二つの集団を通訳する役割をになう」・「二人の朝鮮人女性」(8)として、クッダンに加え、日本語を学んでいる韓国人・李新愛《イ・シネ》という人物が配され、相互コミュニケーション（翻訳）が可能な条件が整えられてもいる。

開演当初は、日本グループのみで会話は進行していく。花見の準備をするうちに、夫の転勤について韓国にきた佐々木が、日帝時代の韓国で生まれ五歳までを過ごしたこととその思い出を、語り難さとともに話していく。すると、韓国が素朴に大好きな青年・林田はそれを「やっぱり植民地時代のこととかですか？」といかにも軽薄にうける。ここに世代、歴史認識とその語り方のギャップが、はやくも日本人間においてすら姿をあらわす。

開幕して間もなく、待ちあわせの時刻を過ぎてもあらわれない他の生徒たちを林田が探しに行くのだから、遅れてくる面々は最初の〝迷子〟だといえる。金文浩と世界中を旅するフリーター・木下百合江とのすれちがいを演じてしまう林田もまた、当初の役割を果たせずに〝迷子〟と化していく。誰もいなくなった間隙に、佐々木は（後に金文浩の母親であると判明する）クッダンと言葉を交わし、ここがクッダン幼少時の遊び場であったことがさりげなく示される。その後どこかへ行ってしまうクッダンもまた、韓国グループが探しつづける〝迷子〟となり、後に母を探し回る金文浩・金才浩・羅旅珠らもまた、林田同様〝迷子〟を探すうちに自らも〝迷子〟と化していくだろう。しかもそれは、字義通りの〝迷子〟を指すばかりでなく、民族／国籍／居住地／使用言語などの同一性のゆれ・ゆらぎを含む、登場人物個々人の基底に関わるアイデンティティのそれでもある。

遅れてやってきたサラリーマンの西谷につづいて、クレー射撃選手の朴高男が、恋人の李新愛を連れて登場して日本グループが揃った後、金文浩の弟夫婦、金才浩・羅旅珠が酒をもってくることで、グループをこえた会話の機会が準備される。ここで日本人たちはそれぞれ、韓国語で自己紹介をかねた挨拶をするのだけれど、初級外国語講座を彷彿とさせる、カタコトめいた、たとえば次のような台詞のやりとりは、そのまま『その河をこえて、五月』全編の会話の範型でもある。

羅旅珠　（韓）おあいできてうれしいです。
佐々木　あぁ、（韓）佐々木久子です。（木下に）木下さん、韓国語できるでしょう。
木下　（韓）はじめまして、いま、韓国語を勉強しています。
羅旅珠　（韓）知ってます。
林田　（韓）私は、林田義男です。日本人です。
羅旅珠　（韓）それも知っています。

また、これ以後の劇中で交わされていく会話では、「日本（人）は〜」・「韓国（人）は〜」などといった国家や国民（性）を代表（代理表象）する語り口が多くみられ、話題の深刻さやりとりの緊張感とは別に、性差や世代（間）の差異を交錯させながら、〝日／韓文化カタログ〟とでも呼ぶべきステレオタイプ化された会話が展開されていくことになる。ただし、ここにいうステレオタイプとは、様々な差異・境界（線）が構成する、複雑さとともに、歴史的な線が刻みこまれたものでもある（この点は、本章Ⅲで詳論）。

こうした枠組みのなか、西谷の否定的な韓国（人）観が仕事上の違和感として示され、三八六世代が強く刻印された金文浩の非現実的な小説が話題となり、不登校になった林田の心の傷（可能性としてのいじめ）が朴の語る在日の差別と対比され、李新愛は日本のサブカルチャーへの興味を何の抵抗もなく示す。つまり、登場人物たちは自己の理想／現実、主体／場所などにおいて何かしらズレを孕んだ〝迷子〟として舞台上に生きており、〝迷子〟としての台詞の積み重ねが、〝迷子〟たる自分自身を上演を通して構築していく。

こうしたエピソードが連ねられていくうちに、新婚旅行のツアーにはぐれたという観光客・桜井太郎が花見に闖入してくる。日比野啓も指摘するように[9]、桜井太郎とは日本（人）の象徴に他ならない。それだけでなく、「道に迷った」字義通りの〝迷子〟でもあり、最後には「自分がだれだか、わからなくなっちゃったのかな。」とクッダンに訝しがられもするという意味で、『その河をこえて、五月』全体の隠喩をも担う重要な人物である。こうして人物化された主題に促されるようにして、桜井退場の後、次の会話が交わされる。

朴高男　なんだか変だな、今日は、
李新愛　えっ？
朴高男　みんな迷子になって、探しまわってるでしょ。

こうして〝迷子〟の主題をクローズアップする二人は、言語の越境、つまりは翻訳という主題も活性化していく。その端的な例は、恋人同士のささやかな喧嘩として描きだされる。韓国人女性を批判する朴高男に対して、恋人の李新愛が羅旅珠を味方につけてやりこめる場面では、日本語しか話せない朴高男と、韓国語しか話せない羅旅珠の言葉を、バイリンガルの李新愛が通訳することで会話が展開していく。その際、李新愛は自分にとって都合のわるい朴高男から羅旅珠への言葉は翻訳せずに、逆に韓国人女性として賛同する羅旅珠の意見は、積極的に朴高男に翻訳して語る。しかもその翻訳とは、次に示すような、解釈の方向づけを不可避的に抱えこんだものである。

羅旅珠　（韓）韓国の女性は自己主張が強くて、よく喧嘩もするけど、芯が強いから、どんな環境でも、男性より粘り強いとも言えるでしょ。

李新愛　韓国の女性は強くて賢いから、男よりも勇気あります。苦労しても、男よりよく我慢します。

李新愛の台詞は朴高男に向けられたもので、語彙と構文をシンプルにすると同時に、「男より」という比較にアクセントが置かれたものに翻訳＝変換されており、こうした翻訳とそれに関わる話し手・翻訳者・聞き手を関数とした振幅は、日本語／韓国語の飛び交う『その河をこえて、五月』全編に配置されて解釈の多義性を許容する曖昧さを生みだす〝空所〟となり、日／韓双方の理解／誤解を生成していく。（日本のコンテクストでいえば、上演の際、韓国語に付された日本語字幕の字数制限も、観客にとって同様の効果を果たす。）

その後、クッダンが〝迷子〟となることでひきのばされてきた金才浩・羅旅珠夫婦の移民問題という、劇中唯一といってもよいプロットがクローズアップされる。韓国で、「朝から晩まで、土を踏むこともできないし、道を歩けば、オートバイに追い回され、車に乗れば、渋滞で身動きも取れない生活」によって「息が詰まりそう」なことを理由にカナダへの移民を希望する韓国人である金才浩もまた、〝迷子〟の一人に他ならない。また、妻の羅旅珠はお腹に宿る子どもを、教育問題を理由に移住先で産みたいというのだから、当然のことながらその子は、カナダに住む韓国人となり、そのアイデンティティは複数的なものと化していくだろう。この問題（プロット）は、韓国グループ内では解決されずに、日本グループとの様々な交渉をへることで徐々に解決（クッダンの納得）へと向かっていく。ただし、そこへと向かう過程は若い夫婦を介して越境（移動・移住）の物語を召喚するばかりでなく、クッダンを代表とするねじれた世代意識や民族主義を〝こえていこうとすること〟への試みともなる。それは同時に、日本人にとっては一連の会話が自分たちの〝迷子〟たる深層＝真相を映しだす合わせ鏡の役割をも果たしていく。こうしたアイデンティティをめぐる問題系は、『その河をこえて、五月』では次の一節に集約的に示されている。

クッダン　この嫁〔羅旅珠〕の赤ん坊が大きくなるころには、どこの国の人間かなんて、悩まなくなるの？

佐々木　さぁ、どうなんでしょう？

クッダン　だって、そうしたら、うちの孫は、何人になるの？

こうした会話は、決して唐突に出てきたものではない。すでに、金文浩は「韓国とか日本とか、そんな区別なく暮らせたらいいなあ」ともらしていたし、在日と韓国人のカップルである朴高男と李新愛が将来どこに住むかという問題、さらには佐々木がスペインへの定年移住を考えていることなどが、作品中では単なる伏線としてではなく、重層的に併走していたはずだ。従って右の会話が、自然に次の台詞を導くのは当然のなりゆきである。

クッダン　私は、日本人だって言われたよ、国民学校に入ったら、おまえは朝鮮人だけど、皇国臣民だから、一生懸命勉強して、立派な日本人になれって言われ〔た〕よ……。その言葉の意味がね、よく判らなかった。だって、私は朝鮮人だもの

こうして、民族／国籍／居住地／使用言語の同一性が自明のものではないことが、日帝時代を生きた母（クッダン）を中心とした韓国の一家族という個別具体的なレベルで提示される。こうした局面にこそ、現代演劇としての『その河をこえて、五月』の複数的な豊穣さと説得力とは宿っている。しかも、右の核心的な台詞は、舞台上ですぐさま乱反射をみせていく。

朴高男　西谷さん、日本人ですか？
西谷　え、そうだよ、あたりまえじゃん。
朴高男　いや、日本人だってことに、誇りがありますか？

西谷　誇りはないけど、日本人だって言うのは事実でしょう。
朴高男　だから、それは、国籍とかのことで、それだけじゃ意味ないでしょう。
西谷　なに、なんで？
朴高男　だって、僕、何で僕が韓国人なのか、分かんないもん。
西谷　そりゃー、えぇ？……まぁ、そうか、そりゃ。
朴高男　えぇ、だって、
西谷　難しいな。

　ここで、朴のいい分は必ずしもはっきりしないが、ことさらに複雑な主体形成を余儀なくされたわけでもない西谷のような人物までをも、容易には解決できない実存の深みへとひきこんでいく。おそらく西谷は、日本人の両親から・日本人として生まれ・日本に育ち・日本語を母語＝使用言語とする日本人で、現在は仕事で一時的に外国である韓国に来ているだけで、アイデンティティにゆらぎはないのだろう。それゆえ、劇中では韓国（人／文化）を対象化して、批判的な言辞を吐く人物として造型されている。にもかかわらず、そうした人物にあってさえ、クッダンの抱えた歴史／主体に照らされて一度《ひとたび》深く内省する時、排他的で単一なアイデンティティの根拠などどこにも見出し得ないのだ。してみれば、『その河をこえて、五月』とは、表層的な言動を通して字義通りの〝迷子〟を描きながら、同時に深層におけるアイデンティティの〝迷子〟までも重ねるように描破し得た作品なのだ。しかも、こうした〝迷子〟の重層化とその基底とは、一面においてグローバリゼーションの進行に伴って境界線の流動化や溶解が進行しつつある現代において、国民国家や民族といった自明視されてきた旧来の枠組み＝境界線を逃れた地点でせりだしてきた問題系に他ならない。(10) つまり、『その河をこえて、五月』とは現代を呼吸しているのだ。

議論を戻せば、「ちょっとくらい暮らすのが大変だからって、自分の根っ子を否定することはできないよ。よその国で暮らしたって朝鮮人は朝鮮人なんだから。」といって移住を認めずにいたクッダンは、羅旅朱に「昔のお友達に会えたみたい」とも評され、主体／立場を決定的に異にしながらも日帝時代を共有していた佐々木と、頭を冷やすための散歩に行く。二人は、一度舞台から去るが、戻ってきた後には「わからないね、本当にわからない……時代が変わったんだねぇ」と一人言《ひとりご》ちながらも、次男夫婦の移住を認める。

クッダン　（韓）カナダに行こうが、アメリカに行こうが、あんたは私の嫁で、あんたが産んだ子は私の孫だよ。

羅旅珠　（韓）ええ、お義母さん、子供が話せるようになったら、教えます。木には根っ子があって、太い幹があって、枝が伸びれば空にも出会い、風にも出会うって。

ここに、韓国人同士での世代間ギャップが浮き彫りにされつつも、アイデンティティの「根」を確認しあうことで、当座の解決がみられることになる。(11)

これがプロット上でいえばクライマックスとなり、後の展開は、歌を交えた宴会のさなかに桜井太郎が再びあらわれ、ツアーの宿泊先にも名前がないことが判明する。つまり、単にツアーからはぐれただけでなく、本質的な〝迷子〟の存在が改めて場にもたらされるのだ。その桜井は、朴に「あなた、本当に桜井さん？」と問われるうちに突如逃げ出してしまう。その後、両グループの心的距離の近さを視覚化するかのように二枚のゴザが寄せられたところに、中国からの黄砂が舞い降り、『その河をこえて、五月』は幕となる。結末の黄砂をまつまでもなく、この花見の場所は金文浩の父がベトナム戦争によって「お骨で帰ってきた」という、冷戦以降のグローバリゼーションの爪痕が、朝鮮戦争しか想起できない日本人の登場人物にはそれと気づきにくい仕方で、痕跡化された地でもあったのだ。

こうしてみてくるならば、『その河をこえて、五月』とは、グローバリゼーションとそれに併走する各種文化理論などとも共振しながら、内容（テーマ）・上演形態双方において〝境界をめぐる迷子たちの花見〟として成立をみた多言語・多文化演劇なのだ。

ただし、こうした相貌は確かに『その河をこえて、五月』にみられる批評的な側面には違いないのだけれど、そのすべてが右の図式に過不足なく収まるわけではない。というのも、舞台上で演じられたこうしたプロットは、歴史的・物質的制約を担った俳優の身体というインターフェイスを介して、現代的な主題系ともリンクしていたはずなのだから。

Ⅲ

改めて『その河をこえて、五月』というタイトルを確認するならば、それは舞台で上演された時間（花見）よりも少し後の未来（五月May）を指示するものであることに気づく。その時点において〝こえていこうとすること〟が掲げられている以上、劇中においては、終演に至るまで花見がつづけられるばかりで、何かがこえられてなどいないはずである。「川は、両岸が決して接しないことによって、川なのである」と指摘する川口賢哉は、「川をこえることが、川が川でなくなってしまうものであってはならない。「その河をこえて」こそ、交流というものは、強制的に始まる[12]」のだと論じている。「強制」か否かは慎重に検討する必要があるけれど、彼我の距離（他者性）を保持・尊重した上で〝こえていこうとすること〟が重要なのは、何もこの作品に限ったことではないだろう。

　では、複数性を抱えた『その河をこえて、五月』における「交流」＝コミュニケーションは、どのように読み解けるのだろう。ポイントとなるのは、本章Ⅱでふれた線である。

　本章Ⅱで引用した朴と西谷の会話も含め、劇中で「複雑」という言葉が用いられたエピソードを振り返ってみよう。もちろん、クッダンが登場した時点で、桜井を案内しに行って花見会場にいない木下を、佐々木が「複雑」と呼ぶ単純な場合もある。しかし、その多くは本章でアイデンティティの〝迷子〟として論及してきた問題系に関わる。たとえば、冒頭の場面で、韓国語力の欠如と歴史認識の困難さから佐々木が授業で（金文浩＝韓国人の前で）語り得なかったという日帝時代の韓国での「いい思い出」について、「韓国の人」が「あんまり、いい気持ちしないんじゃないの」と自省した後には、次の会話がみられる。

佐々木　そんなのも聞けないしね、まだ、

林田　そりゃ無理ですよ、そんな複雑なこと、

ここでは、語学力と韓国人との歴史認識（の差異）に基づく会話の困難さとが混在しているようなのだけれど、林田の語る「複雑なこと」が佐々木と共有されているかは疑わしい。ここに、会話相手として想定された金文浩を加えれば、「複雑」という一言をさしあたりの結節点としながら、三者三様の考えや逡巡が確認できるはずである。(13)それは国籍や文化、さらには年齢（世代）や個々人の考えによってそれぞれだけれど、重要なのは、それが劇中で固定的なものとならず、ゆれそれ自体がクローズアップされていく点である。

もう一つ、朴高男と李新愛の結婚後「どっちに住むかの話」もまた「複雑」なものとして描かれている。韓国人である李新愛は日本に関心があって行きたいともいうのだけれど、「日本人以上に偏見あります」という朴の親は、そもそも結婚相手は「在日じゃなきゃダメだって言う」のだという。こうした両人の家族（と歴史）へと広がっていく錯綜した問題に、日本人の木下は「ベンツ買ってくれるんなら、何語でも習うけどなぁ。」とフラットに語り、その認識の複雑さと立場の多様性は、こと、かつてほどの文化慣習の束縛がなくなりつつある現在において顕著である。こうした局面とともに検討しておきたいのは、「複雑」という言葉自体は用いられていないものの、複雑な主体形成を余儀なくされてきたクッダンをめぐる、当事者のいない場での次の会話だろう。日本のサブカルチャーに対する羅旅珠と李新愛との世代間ギャップが語られた際に、羅旅朱は（日本のことが）「うちの母なんかは、けっこう好きよね」というのだ。

李新愛　（韓）でも、日帝時代に生まれたんじゃないんですか？
羅旅珠　（韓）そうよ。だから好きみたいよ。
李新愛　（韓）え？
羅旅珠　（韓）子供の頃、食べたものとか、友達のこととか、懐かしいみたい。大福とか羊羹とか……。そういうの、すごく好きだもん。
李新愛　先生のお母さんは日帝時代に生まれて、日本の食べ物が大好きなんですって。羊羹とか大福とか、お菓子ありますね。
佐々木　へぇ。ああ、和菓子。持って来たわよ。（立ち上がる）こないだ坂本さんにもらったの。
李新愛　★（韓）変なの。その時代の人って、日本の支配を受けてたから、日本のこと嫌いだと思ってたのに。
羅旅珠　（韓）うん、そういうのは、また別で、嫌いなのよね。
李新愛　（韓）え？
羅旅珠　（韓）二面的でしょ？

右の会話に示唆されたねじれは、まさに公的領域としての大文字の歴史（日帝時代）と私的領域としての小文字の日常（懐かしい記憶）の切り結びが登場人物によって照らしだされた『その河をこえて、五月』という作品世界を凝縮した場面なのだけれど、上演に際しては台詞が変更された、政治的

にデリケートな箇所でもある。(14)

一連の「複雑」をめぐる会話を代表として、『その河をこえて、五月』の登場人物たちは、劇中では、あるいはステレオタイプを演じているように見えるかもしれない。それでも、そこに点として描出された主体のありようは、それぞれに日／韓の錯綜した歴史と関わりながら線としての来し方行く末をもつものである。そして、上演された『その河をこえて、五月』とは、こうした多様な線の織りあわされた複雑な織物《テクスト》に他ならない。この意味でも、俳優の身体とは、そうした作品世界を〝こえていこうとすること〟の重要な契機であると同時に、現実世界へのインターフェイスでもあるのだ。

このことと関連して、こうしたデリケートな細部をもつ『その河をこえて、五月』が単純なイデオロギーに回収されることなく、豊かな複数性を保持し得た点については、演技・演出といった観点も見逃せないはずだ。「特別インタビュー　白星姫に聞く」では、「稽古で特に苦労されたのはどんな点でしょう。」という問いかけに対して、クッダンを演じた白星姫が、演技・演出に関わる興味深いエピソードを披露している。

日本側の平田さんが書いた部分は現代の話が中心で、とても軽くて面白かったんです。一方、韓国側の金さんの書いた部分は昔の話が主だから、国家的、政治的にデリケートな面もたくさん出てくる。その二つをどう中和させ、融合させて演じていくかが難しかった。特に植民地時代の思い出話をする場面では、自分が実際に受けた教育と生きた時代に感情が全部戻ってしまって。「おまえは朝鮮人だけど、皇国臣民だから、一所懸命勉強して、立派な日本人になれ」というせりふを強く出してしまい、演出の先生二人に「そうやって硬く重くやっちゃうと目的劇になってしまうから、〝昔はこんなこともあったよ〟という軽い気持ちで話してください」と何度も言われました。でも、私のなかには子どものころの記憶が生々しくあるから、どうしてもそこに戻されて、激しくなるのを抑えるのが大変だったんです。それを軽くできるようにするのに体重が二キロ減ったんですよ。[15]

こうした演出と、体重を減らすほどに負荷のかかる演技によって達成されたのは、こと、政治的色彩の濃い台詞の意味を単一のものへ収斂させずに（点が点として劇中で閉じることなく）、場の関係のなかで乱反射をひきおこし得る複数性の保持であり、その時、舞台上の点は〝こえていこうとすること〟という主題を体現しながら、もう一つの点を成す他の登場人物や、あるいは観客と結ばれて線と化し、劇場内にゆきわたっていくだろう。

こうした効果がすぐれて戦略的なものであることは、登場人物の誰一人に絶対的な〝正しさ（political correctness）〟を担保しない劇作にも明らかである。日本側のコンテクスト、つまりは日本人観客の立場で見た時、最も距離・評価を確定しづらいのは、本章Ⅱでの引用にも明らかなようにクッダンである。そのクッダンには、「むこうに、フィリピン人みたいなのもいたよ。あっちの人は、なんだか気味が悪いね。がりがりのくせに、目がぎょろぎょろしてて、」という台詞がみられ、しかもそれを「差別」だとして後に金文浩に指摘させてもいる。日本グループでいえば、佐々木は自分の夫が韓国（人）に抱く「なんとなく無意識」の「偏見」を自然なものとみなしているし、朴高男も在日に関わる「差別」「偏見」を語るのに加えて、家族関係や交際における男／女の非対称性（差別）に至ってては作品各所に散りばめられているといってもいいほどだ。その意味でも、やはり、『その河をこえて、五月』においては、「みんなが迷子」なのだ。

そこで改めて当初の〝こえていこうとすること〟という主題に向きあってみる時、さしあたり日／韓を代表すると思しきクッダンと佐々木の、次の会話が注目される。これは、クッダンの「どうして、わざわざ韓国語を勉強していますか？」という問いに、林田が韓国語で「韓国語、好きです。面白いです。」と素朴に応じ、クッダンが「（韓）面白い？　（日）私は、日本語、面白くなかったよ。」と切り返した会話を伏線としたものである。

クッダン　あんたは？
佐々木　え？
クッダン　（韓）韓国語、面白い、
佐々木　……おもしろいって言ってもいいですか？
クッダン　なに？　（韓）どういう意味？
金文浩　（韓）わからないよ。
佐々木　面白い、好き。ごめんなさい。でも、面白い。

もちろん、佐々木の最後の台詞に複雑なものを読みとることは十分可能であるし、劇中で話題とされたスポーツや老人介護ばかりでなく歌にも国境はないのだろうから、その意味で日／韓の歌声が重

なる結末で越境は達成されたかにも見え、事実二枚のゴザもくっつけられてはいる。しかし、タイトルを想起しながらこの花見の時間がおわればどうなるかを考えてみよう。「五月」を待つまでもなく、全員の関係云々以前に、それぞれの登場人物たちは移住や帰国など、再びそれぞれの移動を開始するだろう。土地の移動が必然的に登場人物たちのアイデンティティをさらに複数的なものにしていく以上、この結末は、一面、歌を介して日／韓の溝を〝こえていこうとすること〟を感動的に表現した、牧歌的とも称し得る日韓交流劇の装いをみせもするが、他方でそれは、〝迷子〟たちのさらなる彷徨を予示する幕切れでもある。

ただし、そのゆくえは必ずしもネガディブなものではない。漢江という境界の前にたたずみつづけることで、登場人物たちは〝こえていこうとすること〟という主題を体現しながらも、その与件として言語／文化／アイデンティティの境界にこそ生きていたはずである。もっとも、『その河をこえて、五月』のような作品において「川・河」が示される時、（劇中に「戦争状態」への示唆もあったように）三八度線が想起されることは避け難いけれど[16]、曖昧であるがゆえに多義的な「川・河」の喩《ゆ》を単一の事象に固着させることは他の可能性（複数性）の封殺に繋がってしまうし、逆に、それをいたずらに普遍化・抽象化することも、歴史性に配慮したこの演劇作品を非歴史化する愚挙でしかない。

そうではなく、国民国家の枠組み＝境界線をこえて、それぞれの歴史／主体を抱えながら現在に生きる人びとの生から、複数の歴史／現実のせめぎあう境界＝深淵にたたずむこと――多言語・多文化演劇『その河をこえて、五月』の、そしてその舞台表現を見る観客の賭金とはそうした地点にこそあるのではないだろうか。登場人物たちは、この後、こちらでもあちらでもなく、それでいてどちらでもあるような仕方で、〝こえていこうとすること〟を目指しながらも、なお〝迷子〟でありつづけるだろうけれど、それは現実世界の観客にとっても重要な思考の契機となるだろう。

もちろん、金文浩の構想した小説が示すように、「川」とは何もない虚無の深淵であるけれど、それゆえアイデンティティを異にする他者が集い得る場でもあるはずだ。境界それ自体がクローズアップされた『その河をこえて、五月』の上演において、漢江に見立てられた観客席の観客もまた、上演＝観劇の過程を通じてその境界＝虚無の深淵をのぞきこむ場所へと導かれていく。そこに浮上してくるのは〝迷子〟であるがゆえに可能な、植民地主義を成立・起動させてきた境界線の暴力的な発現に代表される、〝近代〟の陥穽を脱構築した新しいアイデンティティ（の萌芽）――「関係としてのアイデンティティ」[17]ではないだろうか。もちろん、「関係としてのアイデンティティ」とは、舞台上においてなお未知数なものにとどまる。けれども、それらが国民国家において自明視されてきた諸制度とその効果・意味に還元され得ないものである点にこそ、『その河をこえて、五月』に折り畳まれた他者性への配慮と新しい関係構築への希望がみえてくる。

しかも、劇は黄砂が舞ってきた花見の場での、クッダンの「（韓）へぇー、こんなとこまでとんでくるんだね、中国の砂が、」という台詞で幕となる。公演に先だつインタビューで、演出の李炳君はこの場面にふれて、「良いことも悪いことも国境を越えてやってくる。それだけ、韓国、日本、中国は近い」と述べている。[18] ここで中国という第三項が導入されたことは、単に視野を広げるばかりでなく、日韓関係が二国にのみよるものではなく、それをとりまくより大きな関係（の網目《ネットワーク》）との相関関係によるものであることを示唆している。こうした地点から、E・サイードの次の発言を考え併せることもできる。

文学経験は、たとえいくら国境が定められていても、またいくら強制的に制定された国民的自律性が存在していても、たがいに重なりあい、相互に依存しあうのであって、この現実的な新形態をわたしたちがひとたび受け入れるなら、歴史も地理も、新しい地図として、新しく、はるかに流動的な実体として、新しいタイプの関係性として、生まれ変わるはずである。[19]

本章での議論をふまえた上で、引用部冒頭の「文学経験」を「演劇経験・観劇経験」へと変奏・展開して考えてみよう。すると、『その河をこえて、五月』の戯曲／上演を読む／見る、といった行為は、それを空虚な観念へと抽象せず、この現実世界と関わり、対話をつづけようとする時、「新しいタイプの関係性」というヴィジョンへの手掛かりを提示するものとなるだろう。もちろん、こうした複雑な舞台表現をよく受けとめるためには、観客もまた自己の自明視された様々な同一性を問い直し、自分が誰／何であるかを考え直す必要がある。民族も国籍も居住地も使用言語も防壁とはならない地点で自らの身体をさらして舞台表現と向きあい、個々の歴史／主体を抱えた自身の思考と想像力を投企し、『その河をこえて、五月』が描きだした境界の河原にたたずむ時、無数の他者たちとの出会いと対話が、未来に向けてひらかれていく――。

注

（1）第2回朝日舞台芸術賞「選評」（『朝日新聞』二〇〇三・一・二〇）で、「複雑な大きな問題にミニマルな手法で取り組んだことを評価したい」と同作を顕揚する田之倉稔は、「両国国民の交流年記念行事といった枠を超える、演劇にのみ可能な成果であった」と指摘している。

（2）平田オリザ「他者を理解するとは、どういう行為なのか？」（高橋康也編『21世紀文学の創造⑥声と身体の場所』岩波書店、二〇〇二）参照。初演時の劇評としては、日韓演劇交流史から舞台紹介・批評にまで及ぶ、大笹吉雄「「本音」埋め込み新たな地平」（『朝日新聞』二〇〇二・六・四）が包括的なものである。他に高橋豊「日常から日韓交流探る」（『毎日新聞』二〇〇二・六・一〇夕）、大岡淳「日本をどう批判するか」（『テアトロ』二〇〇二・八）など。

（3）再演のTV放送「芸術劇場」（NHK教育）を見た感想を二つあげておく。「韓国で生まれ育ち、敗戦後の1945年秋に引き揚げてきた。以来、韓国に「植民地支配」を強いた歴史を顧みて、一人の日本人として心から謝りたい気持ちを持ち続けてきた」という斎藤逸子は、「声」（『朝日新聞』二〇〇五・八・二五）への投稿で、「植民地支配に対して申し訳ないという気持ちと、懐かしさとが今も交錯している」とした上で、「この演劇は、私が経験したかったことを実現してくれた。深い共感を覚えた。」と述べている。また、「はがき通信」（『朝日新聞』二〇〇五・八・二二）に「日韓の未来に期待」を寄せた山崎千里は、「日韓の人々が花見をしながら、言葉や文化を超えて本音で語り合う。両国の俳優が見事なチームワークで演じ、笑いと感動に包まれた。字幕やカメラワークも秀逸。韓国語と日本語が飛び交う舞台に、日韓の明るい未来を信じられる気がした。」との感想を記している。

（4）再演に際しての戯曲の改変点については、李炳君・平田オリザ「対談　身をもって体験した演劇を通してのコミュニケーション」（公演プログラム『その河をこえて、五月』新国立劇場、二〇〇五）参照。

（5）「アジアはその言語的・文化的多様性によって注目される地域であるにもかかわらず、これまで多文化主義をめぐる言説のなかでアジアが主題として登場することはほとんどなかった。という西川長夫「多言語・多文化主義をアジアから問う」（西川長夫・姜尚中・西成彦編『20世紀をいかに越えるか　多言語・多文化主義を手がかりにして』平凡社、二〇〇〇）の指摘をふまえれば、本企画・公演は、それ自体、状況介入的な上演実践といえる。

（6）陳光興は「脱植民地化の意味」（伊豫谷登士翁・酒井直樹・T・モリス＝スズキ編『グローバリゼーションのなかのアジア―カルチュラル・スタディーズの現在』未来社、一九九八）で「実際、これらの新しい発展〔ハイテク・システムの完成、資本の多国家化《トランスナショナリゼーション》、国民国家の地域超《スーパー》国家への再編成など〕をあらわす包括的な専門用語―グローバリゼーション―は、植民地主義および新帝国主義の歴史と切り離しえず、まさにその産物そのものである」と指摘しており、本作の理解にもこうした視野は不可欠のものと思われる。

（7）S・ホール／宇波彰訳「誰がアイデンティティを必要とするのか？」（S・ホール、P・ドゥ・ゲイ編／柿沼敏江他訳『カルチュラル・アイデンティティの諸問題』大村書店、二〇〇一）

（8）本橋哲也「クロスレヴュー『その河をこえて、五月』　脱植民地化と難民への道」（『シアターアーツ』二〇〇二・八）

（9）日比野啓「クロスレヴュー『その河をこえて、五月』　平田は目的地など定めない。歩き方が目的地を作り出した。」（『シアターアーツ』二〇〇二・八）

(10) T・モーリス＝スズキ＋吉見俊哉「グローバリゼーションの文化政治」（同編『グローバリゼーションの文化政治』平凡社、二〇〇四）には、「二一世紀のグローバルな　政治経済のなかでわれわれが目の当たりにしているのは、ネーションの境界線を越えて流通する新しい文化的フローの隆起ばかりではない。公的領域と私的領域の境界線がグローバルな規模で掘り崩されているのである。」との指摘があるが、本章の議論が想定しているこうした動向は、『その河をこえて、五月』がすぐれて現代的な演劇であることをよく示している。

(11) ただし、「新しいアイデンティティは根によって保たれ成長するのではなく、風に乗って気ままに浮遊する花粉の受粉作用によって移植されてゆく」という、今福龍太『荒野のロマネスク』（岩波現代文庫、二〇〇一）の指摘を重ねれば明らかなように、一族においては「根」の絶対性は相対的にうすらぎ、クッダンの未来の孫が体現するはずのアイデンティティの複数化は必至である。

(12) 川口賢哉「平田オリザ『その河をこえて、五月』小論」（『国文学』二〇〇五・二）

(13) こうしたポイントこそ、本橋哲也が注（8）で指摘する「そこ〔平田オリザの演劇〕には一見無邪気な体裁ときわめて日常的な状況のもとに、底知れない悪意と透徹した歴史認識が隠されていることがある」という、論じにくさに他ならない。

(14) たとえば、最後の台詞は、上演の際には「（韓）3月1日や8月15日なんか、テレビ見てすごく興奮してるもん。どっちも本心なのよ」であった。

(15) 「特別インタビュー　白星姫に聞く」（公演プログラム『その河をこえて、五月』新国立劇場、二〇〇五）。なお、ここには、平田オリザが青年団で実践してきたアフォーダンスを援用した演出が加味されていると思われる。本書第一章参照。

（16）注（8）参照。
（17）É・グリッサン／管啓次郎訳『〈関係〉の詩学』（インスクリプト、二〇〇〇）
（18）「異なる価値観見つめあう」（『朝日新聞』二〇〇二・五・三一夕）
（19）E・W・サイード／大橋洋一訳『文化と帝国主義　2』（みすず書房、二〇〇一）
※戯曲の引用は、平田オリザ・金明和『その河をこえて、五月』（『悲劇喜劇』二〇〇五・七）による。なお、（韓）とある台詞は、韓国語で発語され、日本公演では字幕が出された。

第五章 〝溝〟から〝橋〟へ——青年団国際演劇交流プロジェクト『別れの唄』

混合の思想、単に文化的混合ではなく、一歩進めて、混合の諸文化の震える価値の思想、それは恐らく我々を諸々の限界、あるいは、我々を虎視眈々とねらっている不寛容から救ってくれ、我々に新たな関係性の空間を開いてくれるだろう。

É・グリッサン『全 - 世界論』（恒川邦夫訳）

I

一九九〇年代を通じて〈静かな演劇〉というスタイルを確立した後、平田オリザが精力的に挑んでいったのは多言語演劇である。その平田オリザは、二〇〇七年、〝青年団国際演劇交流プロジェクト2007［日仏合同公演］〟と銘打った『別れの唄 Chants d'Adieu』（作＝平田オリザ、翻訳＝ユタカ・マキノ、演出・美術＝ロラン・グッドマン、二〇〇七・四・五～八、於シアタートラム）によって、新たな一歩をふみだしたようにみえる。

『別れの唄』は、青年団においてブラッシュ・アップを遂げてきた平田オリザ一流の戯曲スタイル（「現代口語演劇」・〈静かな演劇〉）に、多言語・多文化演劇のテイストを織りこんだ対話劇としての相貌を以てたちあらわれる。作品全体としてみれば、ごく自然に観客の〝笑い〟を誘う場面に満ちていながら、それでいて静謐さが損なわれることの決してない、〝上質な喜劇〟として仕上げられており、佳作と呼ぶのがふさわしい。

本章では、右に紹介した『別れの唄』を、戯曲／上演両面から複眼的・具体的に読み解くことを目指す。議論の出発に際して、簡潔にして要を得た今村忠純の要約を引いておく。

> 『別れの唄』は、東京・多摩丘陵にある旧家が舞台です。そこでお通夜が行なわれている。亡くなったのはこの旧家の若い当主中本武雄の妻マリー。国際結婚をして、フランスから日本に嫁いで来ていた。武雄の妹、マリーのお父さん、お母さん、マリーの弟。マリーのつとめていたフランス語学校での友達アンヌ、そしてフランスにいたときのマリーの前夫もこのお通夜の席に現れる。
>
> したがって舞台では、フランス人と日本人、互いの言語が交錯していく。日本語の量は少ないですけれども、多言語演劇。つまり、フランス語と日本語の交錯そのものが、異文化の交錯になっていく。平田さんの新種多言語演劇だった。異文化理解といえば、その一言で何でも分かったつもりでいるけれど、分からないことが分かる、理解し合えないというそこのところが重要なのですね。人間の言葉がまさにそれで、言葉ほどありあわせで分かり合えないものはない。その言葉によってつくられる演劇がしかも多言語演劇ということになると「通夜」という言葉の意味するところと、その訳語との関係がまず問題になってくる。さらに演劇とは何かという大本のところも考えさせられる。多言語演劇は、舞台で異言語が交錯する変種の演劇というのにとどまりません。(1)

青年団国際演劇交流プロジェクト2007・日仏合同公演『別れの唄 -Chants dAdieu-』（2007年，シアタートラム）© 青木司

〔傍点引用者〕

傍点を付したように、『別れの唄』は単に舞台上で多言語による演劇が展開されるばかりではない。そのことを通じたかたちで、演劇という表象形式に関わる原理的な思索をも射程として孕んでいるのだ。しかもそこには、「これまで、フランスでは、私の過去の作品『東京ノート』『ソウル市民』などが仏訳され、フランス人の演出家、俳優によって上演されてきた」たという平田オリザが、次に引く「上演によせて」（当日パンフレット）で述べるように、特別な意味も託されていたようだ。

しかし今回初めて、ティヨンヴィル＝ロレーヌ国立劇場センターの依頼で、新作を書き下ろすことになりました。この戯曲は、私にとって生まれて初めて、フランス人が演じることを前提に、フランス人演出家のために書き下ろした作品です。

ここに、演出・美術を担当したロラン・グッドマンによる演出ノート「イントロダクション」（当日パンフレット）における次の論及を加えれば、同作をめぐる論点は出揃う。

死への葛藤に、異文化への葛藤が加わり、フランス人にも日本人にも違和感が増していく。親しい者の死がもたらす苦しみは多分、人類が共有するもっとも小さな共通項だろう。しかし私たちは皆その苦しみをあまりに違った形であらわすためか、そこに結びあわされるどころか、引き離されていくようだ。それが、平田オリザの伝えんとしていることだろうか。けれど、その思いには少しの暗さもない。だからこそ、『別れの唄』に描き出される行き違いは、笑いを誘うのだ。そして対話とは結局、笑いから生まれるものなのだとすれば？

先に引いた今村の要約に重なりながらも、グッドマンは新たな論点として「笑い」と「対話」を提示している。こうした論点もまた、戯曲／上演双方から読み解くべき課題である。こうした論点を手がかりに、次節から『別れの唄』の読解・分析を展開していきたい。

Ⅱ

多言語・多文化演劇とはいうものの、『別れの唄』で実際に発話されるのは日本語とフランス語の二種である。確かに、対話コンテンツの多くは狭義の言語に関わるものにとどまらず、様々な慣習やボディ・ランゲージ、認識（地図）など多岐にわたりはするのだけれど、「日本（人）は〜」・「フランス（人）は〜」などといったセリフの多さにも明らかなように、その大半は二つの文化に振りわけられている。その意味で『別れの唄』とは、さしあたり〝日仏比較文化論〟を体現した演劇でもある。このような文化の対比を浮き彫りにしていくのが、国際結婚をした女性の通夜というセミパブリックな場の設定であり、舞台装置としての畳張りの広い和室なのである。

こうした様相が戦略的なものであることは、登場人物の属性――こと三タイプにわけられた言語能力に明らかである。フランス語のみを運用可能な人物としてはジュリアン（マリーの父）・アイリス（マリーの母）・ミッシェル（マリーの弟）、さらにはフランソワ（マリーの前夫）が、日仏両語を運用可能な人物としては中本武雄（マリーの夫）と中本由希子（武雄の妹）、そしてアンヌ（マリーの友人で、日本でフランス語を教えている）がおり、特に前二者は翻訳者としての役割を担う。葬儀屋の柴田は日本語しか話せずに、外国人・外国語に極端な恐怖を感じる人物――いわば日本人の戯画として造型されている。

開幕して間もなく、ミッシェルとアンヌが次の会話を交わすことで、文化の対比がはじまっていく。

ミッシェル　日本の葬式は、忙しいですね。
アンヌ　あぁ、そうね。色々やることがあるから。
ミッシェル　フランスはどうだろう？
アンヌ　え？

ミッシェル　いや、フランスの葬式のことも、あんまりよく分からないんだけど……なんだか、とにかく、日本のは忙しい。だって、家族があんなに働くんだもん。

ここで、「日本の葬式」はミッシェルの目に奇異なものとして映っている。ただし、ミッシェル自ら認めるように、「フランスの葬式のこと」を知らない以上、これは厳密な比較ではなく、不可解さを「日本の葬式」、つまり異文化の慣習へと配置して納得しようとする振る舞いに他ならない。こうした認識・言動を変奏すれば、フランソワが訪れた時、由希子が「フランス人だから」マリーやアンヌの知りあいだと思いこみ、アンヌに「フランス人は六千万人いるわ。」とたしなめられる場面となるはずだ。

このように『別れの唄』という作品は、劇に登場する日本人／フランス人が、「日本（人）」／「フランス（人）」を代表するわけでもなく、その文化（規範）すべてを知悉しているわけでもないという、ともすると見過ごされがちな当然の事態への自覚を抱えつつ、二種の言語／二カ国の俳優を舞台上で交錯させていく。さらには、フランス人のアイリスを、足が悪いという事情から畳の上に置いた椅子に座らせて、文化間のギャップを空間的にも可視化していく。そのような仕方で、理念的な想像上の比較文化論に終始しないかたちで、演劇という表象形式ゆえの空間・時間・身体の現前性にも支えられながら、多言語・多文化演劇として上演されていく。

こうした戦略をもつ『別れの唄』において、〝日仏比較文化論〟というフレームを前提とした異文化理解が、戯曲／上演を貫く劇の第一層として展開されていくのだけれど、登場人物による理解への試みは、逆説的に異文化の異質性を確認し、〝溝〟を深くしていく。

由希子 ねぇねぇ、フランスの人って、日本人はみんな、男女一緒にお風呂に入ると思ってるの?
ミッシェル え、そんなことはないと思うけど、
由希子 なんだ。
アンヌ まぁ、そう思っている人もいるかも知れないけどね。
由希子 なんか、お義姉《ねえ》さんが言ってた。
アンヌ あぁ、まぁね、いるかもね、そういう人も。
由希子 何で、そんな話になったのかな。
アンヌ どうしてだろう。
由希子 浮世絵とかの影響かな。

ここでは、フランスからみたステレオタイプな日本(像)が話題にされているのだけれど、個別具体的な実状が求められることはない上に、由希子までもがそうまなざされる、これもまたステレオタイプな要因(「浮世絵とか」)をもちだしてしまう。こうして、彼我の異質性ばかりが確認され、日本人の発する「浮世絵とかの影響」という一言が、相互理解に繋がるはずの対話への〝橋〟を閉ざしていく。こうした、一見すると異文化理解を装った彼我の〝溝〟の確認・拡張は、『別れの唄』に偏在

していといってもよいほどだ。

　明日の席の順番と決めるという葬儀屋に対して、「いやいや、でも不合理なものは、不合理だろう。何も決めなくてもいいことまで決めるのは。」と疑義を露わにしていたジュリアンが、葬儀屋の笑いを見て急に態度を翻して従うのもその一例である。この時のジュリアンの判断は、柴田・武雄の台詞を含めた現状に自ら向きあった結果ではない。「日本人は、困っているときに困ったと言わずに笑う」ということが「前に、マリーから来た手紙に」「書いてあった」ことを思い出し、その知識を参照・経由しての、つまりは日本文化に関して聞き知った規範に即しての行動であり、ジュリアンはただ従うべき規範らしいからそう振る舞っただけなのだ。

　となれば、ここにお互いにとっての外国人は存在するものの、「自分と言語ゲームを共有しない者」[2]であるところの〝他者〟は不在なのだ。その結果として異文化理解が進むはずもなく、むしろ彼我の異質性ばかりがクローズアップされていく。当然、こうした会話を通じて異文化をめぐる〝橋〟が架けられることはなく、むしろ〝溝〟だけが深まっていく。このような事態は、文化慣習ばかりでなく言語をめぐっても展開される。

　武雄が、ジュリアンとアイリスに、武雄のいう「すみません」という言葉の含意が理解できないと問いただされるのだ。次の場面では、アンヌも加わって、比較文化論をベースにした会話が展開されていく。

武雄　あの……なんだろう?

アンヌ　日本人はとりあえず、謝るんですよ。
武雄　いや、とりあえずってわけでもないんだけど。
アンヌ　だから、何を謝っているのかを明確にすればいいんじゃないの。
武雄　それは、そうなんだけど……一つは、マリーが日本で死んでしまったことと……それから、最後に会えなかったことですかね、お義母さんたちが、
……
アイリス　でも、それは、あなたのせいではないでしょう。
武雄　えぇ、それは、だから……そうだ、えっとですね、日本人はですね、自分の行為について責任をとって謝るのではなく、ある状態に対して、なんとなく申し訳なく思うのですね。
ジュリアン　それは、じゃあ、フランス語の謝るというのとは、ちょっと違うものなんだね。
武雄　そうです、そう思ってもらえると助かります。すみません。
……
武雄　いやいや、これは、ごめんなさい……じゃなくて、申し訳ないというか……うーん、難しいな。

「あなたのせい」か否かを問うジュリアンとアイリスに対して、アンヌも武雄も、それを武雄個人の振る舞い方としては説明しようとすらせず、「日本人」の類型的文化規範としてのみ、その言動を意味づけ、説明していく。これではジュリアンとアイリスが武雄を理解する〝橋〟ははじめから閉ざ

されたも同然で、日本語をフランス語とは「ちょっと違うもの」と位置づけ、つまりは彼我の異質性を再確認することで納得にかえるしかない。

こうした、劇の第一層による多言語・多文化演劇の様相とは、だから、何かしらひらかれた志向性を掲げているようで、その実、想像上の日本／フランスという規範を防壁にして閉ざされていくのだけれど、皮肉なことにそうしなければことは進まず、しかもマリーの通夜は進めなければならず、登場人物いずれもがそう振る舞うことでことは進んでいく。

そうであれば、『別れの唄』では多言語・多文化演劇でありながら、その実、空虚な異文化理解ばかりが展開されていく。ただし、それは後述する上演（本章Ⅲ）や劇の第二層（本章Ⅳ）と重層的に構造化されたもので、この段階で作品全体を評価するのは拙速である。劇の第一層に限っても、それが巧まれた戦略の一つであることは、柴田の職業・性格設定に明らかである。

ジュリアン　しかし、日本の葬儀屋っていういのは、よく働くね。
武雄　えぇ、まぁ、普通は彼らにすべて任せますから。それに日本人は、すべてきちんと、準備通りに進んでいくのが好きなんですよ。

ここで、日本人の典型を葬儀屋に託して語る武雄は、しかし「ただ、普通の葬儀っていうのが、難しいですよね」ともらさずにはいられずに、通夜というあたかも異国のような特殊な状況にあっては、自らことを進めることができずに、柴田の示す規範に即して振る舞うばかりなのだ。一方、柴田は、

「私どもといたしましては、式を、きちんと済ませることが、やはり、なんと言っても、」といいながら段取りを着実に進行させていく。

だから、日本人間においてさえ、武雄はことの意味を問うたり、〝他者〟との本質的な理解を目指すことはない。してみれば、異文化理解を装った〝異文化コミュニケーションのやりすごし方〟を端的に体現した柴田とは、『別れの唄』全劇中人物の戯画的な集約として造型されてもいるのだ。

劇の第一層と称す、本節で分析してきた諸局面は、異文化が国民国家の境界線（国境線）の彼我のみならず、共同体内部の日常にも内在するものであることを改めて想起させてくれる。そして、『別れの唄』が多言語・多文化演劇というスタイルを採ったことで、こうした見えにくいものを可視化する契機となっていることも指摘できる。

ここで、ジュリア・クリステヴァによる次の指摘を参照しておくことは、次節以降の分析にも有益だろう。

驚くなかれ、外人は我々自身の中に住んでいる。我々のアイデンティティの隠れた顔、我々の住まいをばらばらに壊してしまう空間、合意も共感もずたずたにしてしまう時間、それが外人だ。外人を我々の内なる存在と知るならば、外人を外人だといって嫌うこともなくなるだろう。外人というものを考えてゆくと、《我々》の観念自体があやしくなってくる。《我々》など成り立たなくなるかもしれない。(3)

これを『別れの唄』に即していいかえれば、「外人」——言葉本来の意味での〝他者〟とは、日本人という「《我々》」の内にもひそんでおり、極端にいえば「我々自身の中」にこそ〝他者〟が存在しているということになる。逆説的な物言いではあるけれど、『別れの唄』においては、計算された〝笑い〟や舞台装置の効果によって、上演を通じて異文化や〝他者〟といった自明視されがちな前提が問い返されていくのだ。

Ⅲ

本節では、劇の第二層の検討に先だち、〝日仏比較文化論〟というフレームに上演をめぐる諸条件を加味し、〝メタ日仏比較文化論〟へと変奏させながら『別れの唄』を読み解いてみよう。

ここにいう〝メタ日仏比較文化論〟とは、対立する二項（日／仏）とそれらと水準をへだてて存在する第三項からなる構図を指し、それは『別れの唄』上演の基底を成している。

こうした構造は、〝笑い〟をめぐる仕掛けにおいて端的に示される。もっとも『別れの唄』を活字としてのみ読むならば、どこで〝笑い〟が起こるのかを想定するのは思いの外難しく、喜劇であるのかすら疑わしく思われもするだろう。しかし、それがグッドマンの演出によって上演された時、〝笑い〟が、それも戯曲の構造的／批評的な特徴を引きだすかたちでクローズアップされる。開演後、つかみの役割を担う最初の〝笑い〟は、日本文化の一つとして温泉が話題となった次の場面である。

アンヌ たくさんね、おじいさんとかおばあさんとかが、夫婦で、何日も泊まりに来るの。そういうところは、料理も自分たちで作って食べるのね。観光地じゃないから、すごく静かで……もう九時くらいには、みんな寝ちゃうの。

ミッシェル 病院みたいだね。

アンヌ そう、病院みたいだった。でも、みんな、すごく幸せそうだった。「極楽、極楽」って言うのよ。

ミッシェル 何それ?

アンヌ 天国っていう意味、仏教の。お風呂に入るとね、「極楽、極楽」って言うの。

ミッシェル 「ゴクラク、ゴクラク」

写真を媒介に、マリーとの温泉旅行の記憶を語りだした、いわば日本文化の体験者であるアンヌに、初来日のミッシェルがその様子を訊ねている場面である。ここで観客は〝笑い〟へと誘われるのだが、喜劇を論じる喜志哲雄が正しく指摘しているように、「ある状況において笑いが生じるかどうかは、やはり、その状況で起こった事件に対して自分がどんな立場にあるか、どんな関係をもっているかによって、決まる」(4)。

右の場面でも、アンヌとミッシェルは淡々と対話をつづけていくのみで、それでいて(日本公演の場合、その多くを日本人が占める)観客は笑うのだけれど、それはアンヌ/ミッシェルが代表する、温泉をめぐる日/仏の対話を相対化して眺める位置が確保されていることによって可能となっている。

これが、先に述べた第三項の位置なのだが、この位置からみれば、舞台上で上演される〝日仏比較文化論〟は滑稽なものとして映ずることになり、結果として舞台表現は観客の〝笑い〟を誘っていく。

また、この変奏として前半部で反復される猿をめぐるエピソードなどは、登場人物に比した、観客が上演から得られる情報量の多さが〝笑い〟の条件とされている。まま席を外す登場人物は、必然的に広間での話題に関する情報の死角を抱えこまざるを得ず、再登場後は話しの流れをふまえずに話題に参入することになり、その際の情報の死角が観客には滑稽に見えるというわけだ。

いずれの場合でも、観客が進行中の舞台表現に対して、メタ・レベルの位置（優位）にあることが〝笑い〟の生起条件とされ、舞台と観客（席）との関係が計算された演出・演技の帰結として〝笑い〟が生まれている。このことは、次の二つの場面にも明らかだろう。

ジュリアン　あの、祭壇とかは、相当立派そうだったけど、あれは、買い取るものなの？
武雄　あれはレンタルです。レンタルというか、葬式全体が、セットで料金が決まっています。すべて、棺桶《かんおけ》やドライアイスの料金まで。
ジュリアン　それは、いくらくらい？
アイリス　やめなさいよ。
ジュリアン　え？
アイリス　あなたは、どうして、娘の葬式で、そんなお金の話ばかりできるの。
ジュリアン　そりゃそうだけど、でも大事な話だからね。

アイリス　だって、そんな、お金の話や猿の話ばっかり。

ジュリアン　猿はまぁ、そうだけど、お金のことは、私たちも葬儀が終わったら、すぐ帰ってしまうんだし。

アイリス　それはそうだけど……じゃあ、それは、私のいないところでやって。

この場面は上演の際、舞台上ではアイリスに端を発する苛立った雰囲気に包まれる。にもかかわらず／それゆえに、台詞中の「猿」が奏功し、観客からは〝笑い〟が起こるのだ。

もう一つ、右につづく場面では、本節で示してきた〝メタ日仏比較文化論〟の構図が劇中劇として提示され、戯曲としての戦略性も看取される。舞台上手で武雄と柴田が日本語で式の段取りを話す際、下手ではジュリアンとアイリスがその様子を見守り、間にバイリンガルのアンヌが配され、段取りの相談が翻訳されていくのだ。この時、ジュリアンとアイリスの位置はやりとりを傍観者としてまなざす、いわば観客のそれと類比的に重ねられている。つまり、右に示された構図は、舞台／観客席から成る劇場の配置を圧縮しつつ変換《トレース》して、舞台上において類比的に再現したものに他ならない。

このことに関して、喜志哲雄も次のように述べている。

> 喜劇を十全に捉えようとするなら、観客との関係を視野に入れることがどうしても必要になるはずだ。劇作家は観客による受容を意識しながら作品を書くからである。
>
> 私どもは現実の生活においては、自らがおかれている状況を完全に認識することはけっしてで

きない。〔略〕しかし、喜劇の観客は、時として、状況の完全な認識という、現実世界においては絶対に獲得することができない種類の認識を自分のものにすることがある。喜劇が観客を笑わせながら、深い感動を与えることがあるのは、おそらく、人間をこういう絶対的な境地に誘うからであろう(5)。

こうした対観客戦略は、『別れの唄』でも巧みに仕掛けられている。すでに論及した第三項の配置が、まずはそれにあたる。他にも、わかりやすい仕掛けとしては、外国語といえばカタカナ英語しか話せない柴田は、一般的な日本人観客が劇に自らを参入させていく際の、間口の広い代入項（観客が、感情移入したり、自己投影しやすい、劇中世界と観客席とを媒介し得る人物）として機能する。その意味で、グッドマン演出は、戯曲として明示されていない〝笑い〟を、上演を介して観客へと可視化し得たものと評価できるはずだ。その上で、引用の中略部以下にも注目しておきたい。ここに、舞台美術もグッドマンが担ったことの意義、さらには平田オリザの書いた戯曲のどのような側面を読みとって効果的に上演へと接ぎ木したのか、そのポイントが隠されている。

改めて舞台装置を思い起こすならば、ふすまを抜いたのであろう、八畳間を横に三つ連ねた舞台には柱が立ち並び、中央にちゃぶ台と、それから座蒲団が置かれているのだけれど、目を奪われるのは壁面である。細密画よろしく日本の和室を模した舞台装置にあって、壁面三方は鏡張りとされているのだ。これは、舞台上に限っても、可視化された上演が作品世界の一部にすぎず、各登場人物の抱える情報の死角をも含めた、より広い世界へとつながっていることを示唆している。あるいは、虚焦点たるマリー（像）の、各登場人物による多様性を視覚的に表現したものともとれる。こうした効果を孕みながら、上演に際しては登場人物が鏡に映しだされるのはもちろんのこと、観客（席）への作用にも注目しておきたい。

この舞台装置によって、観客にしてみても、鏡像としてならば舞台上に参入できるばかりでなく、登場人物の言動を鳥瞰しながら傍観者として時折笑う自分自身の姿を、舞台上の鏡像によって見ることが可能なのだ。もちろん、それはやりすごすこともできるけれど、安全無害なはずの観客席にいてもなお、鏡像として自身の姿がつきつけられることが生む効果もあるはずだ。つまり、滑稽に感じて笑った舞台上の言動が、他ならぬ自分自身の認識・言動と無縁ではないはずなのに傍観を装うという、ともすれば醜悪な自己像がリアルタイムでつきつけられることにもなるのだ（鏡像上では、俳優も観客も等価な存在＝鏡像として併置され、それは現実を戯画的に映しだしたものとして演出効果も担う）。

以上のようにみてくると、『別れの唄』という戯曲／上演を通じて、本章で〝メタ日仏比較文化論〟と称した構図――二項の対比とそれを超越した第三項――が三層に折り重ねられていたことが明らかになる。素朴な、見る観客／見られる俳優をはじめ、舞台上での劇中劇（見る／見られる関係の、劇中での上演）、さらには鏡を介した傍観者の位置の消失までが重層的に構造化されることで、『別れの唄』は〝日仏比較文化論〟を戯曲／上演の要諦に据えつつ、それを内在的に批評すると同時に、この喜劇に構造化された〝笑い〟を生成していくのだ。

最後に、ここまでの議論をふまえ、今一度、多言語演劇として構成された『別れの唄』における異文化理解の様相を、本章Ⅱとは異なる観点――劇の第二層と称すべき局面から検討することで結論にかえたい。

『別れの唄』最大のポイントは、それでもやはり戯曲／上演を貫く異文化理解という主題＝劇にこそある。さしあたりそれは、ここまで検証してきた劇の第一層のように描かれているのだけれど、そこからはみでる、たとえば次のような場面はどう考えるべきだろう。

ジュリアン　いや、私たちからすると、武雄君は、あまり悲しんでないように見えたから、最初。
由希子　あぁ、そうですね。
アイリス　あんなもんなの、日本の男は？
由希子　どうでしょうか、とにかく人前ではあまり泣かないことになっているみたいです。
アイリス　それは、武士道とか、そういうこと。
由希子　いえ、昔の武士はよく泣いたと、なんかで読んだことがあります。

ここでも、まずは「武雄君」が「日本の男」に一般化され、その前提をふまえて由希子も応じており、劇の第一層と称した局面が確認できる。つまり、眼前の不可解な言動を、「日本人」という異文化ゆえのものとして納得にかえるという、〝異文化コミュニケーションのやりすごし方〟がここでも展開されているのだ。さらに、「日本では、遺族はきちんとしなければいけません。きちんとというか、毅然《きぜん》とですね、それが日本人の美徳です。」というセリフが、日／仏の〝溝〟を深くし、武雄の悲哀は、〝日本人として〟という規範に即して、納得できないままに、ひとまずはジュリアンとアイリスに受けいれられていく。

しかし、広間から姿を消して部屋で一人で泣いているという大方の予想に反して、武雄が「小さな本を持って」（ト書き）部屋から戻ってきた後、事態は結末部に至ってゆるやかに、しかし劇的な変容を見せはじめていくだろう。武雄は、「子どもを亡くした小説家が書いた」「子どもに向けての手紙」を披露しはじめる。

武雄　「お前たちは去年一人の、たった一人のママを永久に失ってしまった。お前たちは生れると間もなく、生命に一番大事な養分を奪われてしまったのだ。お前たちの人生はそこで既に暗い」

〔略〕

武雄　昔、昔って言うか、中学の時に読んで、なんだか全然意味が分かんなかったんですけどね……だって、お前たちは不幸だ、不幸だって繰り返すから、（日）えっと、どこだっけ、ほら（ページを繰る）（仏）「恢復の途なく不幸だ。不幸なものたちよ」

……

武雄　でも、今夜、少しだけ分かったような気がします。

ここで、武雄はかつて「全然意味が分かんなかった」という有島武郎「小さき者へ」（『新潮』一九一八・一）が「少しだけ分かったような」地点に達している。理解の内実は『別れの唄』には具体的・明示的な仕方では描かれていないけれど、そのささやかな理解に「今夜」到達したというのだから、マリーの通夜が何かしらの契機を成したとみてよいだろう。

武雄にとって「今夜」とは、伴侶の死とそれに伴う悲哀、さらには通夜を遂行するための縁者・業者・その他の人びととのやりとりに忙殺された一時であったはずである。『別れの唄』では、通夜の後の、最も近しい人びととの表層的な会話によってかりそめの〝橋〟をかけながら、しかしお互いが異文化・異言語に属していることによって生じる〝溝〟を代償にしてことを進めていく過程――〝異文化コミュニケーションのやりすごし方〟――が描かれていたはずだ。

そのことをふまえた上で、部屋で一人になった武雄が「小さき者へ」を読んだのならば、右の引用箇所以外にもひっかかった箇所があったはずだ。「私たちは自分の悲しみにばかり浸つてゐてはならない」と語りだす「小さき者へ」の「私」は、「偶然な社会組織の結果からこの特権ならざる特権〔「金銭の累ひからは自由だつた」こと〕を享楽した」ことに言及し、天理教を信じながらも、経済的不遇のもと結核で死んだ隣人「U氏」に関して、次のようにいっている。

而してU氏は無資産の老母と幼児とを後に残してその為めに斃れてしまつた。その人たちは私たちの隣りに住んでゐたのだ。何んといふ運命の皮肉だ。お前たちは母上の死を思ひ出すと共に、U氏を思ひ出すことを忘れてはならない。而してこの恐ろしい溝〔経済格差〕を埋める工風をしなければならない。お前たちの母上の死はお前たちの愛をそこまで拡げさすに十分だと思ふから私はいふのだ。[6]

ここで有島は、母を亡くした幼子に対してさえ、「偶然な社会組織の結果からこの〔「金銭の累いからは自由」だという〕特権ならざる特権を享楽した」自分たちとは全く異なる境遇にあった〝他者〟の存在を想起するよう諭しているのだ。となれば、やはり『別れの唄』において重要なのは、単に国籍や地図上の国境線ではなく、そこでの異文化とは言葉本来の意味での〝他者（性）〟を指し、異文化理解とは〝他者〟への想像力をいうのだ。

さらにいえば、異文化コミュニケーションとはコミュニケーションの原型ともいえ、たとえ肉親であろうとも、自分とは異なる〝他者〟と認識し、想像力を働かせながら接さなければ、親子らしさや日本（人）らしさといった何かしらの規範に依拠する他に道はない。おそらく武雄がいきあたったのは、そうした現実であり、『別れの唄』上演に真摯に向きあってきた観客もまた、異文化理解の滑稽さを一時間以上笑いながら観劇してきた後に、明示的には語られない武雄の劇的な転回に触発され、自らの異文化理解を問い直されることになるだろう。先の場面は、登場人物の興味をひきながら、次のように展開していく。

ジュリアン　最後は、どうなるの？

武雄　だから、最後は励ましますよ。えっと、「小さき者よ。不幸なそして同時に幸福なお前たちの父と母との祝福を胸にしめて人の世の旅に登れ。前途は遠い。そして暗い。然し恐れてはならぬ。恐れない者の前に道は開ける。行け。勇んで。小さき者よ」

だから、実年齢や個々の状況、ましてや国籍や性別などには関係なく、『別れの唄』の登場人物はみな「小さき者」なのであり、「恐れてはならぬ」というTAKEO（武雄／武郎）の声に促されるようにして、結末部に至ってようやく言葉本来の意味での対話がはじまる。それは異文化理解への、ごくささやかではあるけれど、実に貴重な端緒に違いない。

『別れの唄』の作者である平田オリザはかつて、「すでに知り合った者同士の楽しいお喋り」である「「会話」（Conversation）」と対比して、「「対話」（Dialogue）とは、他人と交わす新たな情報交換や交流のこと[7]」だと定義していた。つまり、ここでのポイントは、相手の他者性にかかっていたわけだが、対話が「他人」（〝他者〟）と交わすものである以上、まずは〝他者〟がそれとして見出され、認識されなければならない。従って、『別れの唄』という劇の第一層においては、各登場人物から見れば、外国人はいても〝他者〟はいなかったということになる。何しろ彼／彼女たちは縁者である上に、それぞれが規範（異文化という名の防壁）を介してしか関わってなどいなかったのだから。

『別れの唄』結末部では、フランソワを嫌って外に出ていたミッシェルが広間に戻って「月がとても綺麗だったよ。」といったのを契機に、月をめぐる会話が展開されていく。

アンヌ　日本では、秋に月をみんなで見る習慣があるのよ。
アイリス　え、どういうこと？
アンヌ　みんなで月を見るんです。お団子を食べながら、（武雄に）ね、
武雄　あぁ、「オツキミ」ね。
ジュリアン　それは、何か宗教的な儀式、
武雄　いや、違うでしょう、たぶん中国から渡ってきた習慣だと思いますけど。

ここでもまだ、「日本では」というセリフに代表されるように、異文化としての「オツキミ」が話題にされているが、日／仏に加え、「中国」への言及がある点は確認しておこう。その後、由希子は「窓を開けて、マリーに月を見せ」に行き、広間では日本、フランス、さらには「アラビア」で、「月」がどのように語られているのかが話題とされていく。通夜のおわりも近づいた頃、武雄がマリーの両親に、月に託して言葉をかける。

武雄　えぇ、……ホテルまでの帰りに、〔月を〕ゆっくり見てください。
ジュリアン　うん。
アイリス　そうするわ。

右は『別れの唄』幕切れの場面だが、生きていた頃も、死んだ今も、月を見ていたがゆえに、結末部で「月」は各登場人物の内面に浮かぶマリー（像）の代補と化していく。いわば、マリーへの想いは各登場人物の内面から外部へ変換《トレース》され、可視化された「月」として対象化されたのだ。ここに至って、〝日仏比較文化論〟といった地政学的な認識枠組みはようやく超克され、「月」をめぐる比較文化論的な意味づけは影をひそめる。すると、異文化に対する心の防壁を解除した登場人物たちは、個々人として「月」にマリーへの想いを託していくことになる（劇の第一層でのプロットを実質的に進行させてきた柴田――〝異文化コミュニケーションのやりすごし方〟のプロフェッショナル――の退場が、こうした場面を可能にしているはずだ）。

この地点に至って、ようやく不可解な事象に異文化の徴をつけて〝溝〟をつくりだしてきた『別れの唄』という劇の第一層はおわる。かわってせりだしてくるのは、『別れの唄』という劇の第二層とも称すべき対話への〝橋〟である。つまり、マリーの縁者であるがゆえにことの円滑な進行ばかりを望んできたのとは異なり、お互いを（国籍レベルではなく）〝他者〟として再認識する契機が、マリー（＝「月」）を介して生みだされていくのだ。その意味で、登場人物達の視線（想い）を集める「月」とは、真の意味で異文化理解への〝橋〟（端緒）である。〝橋〟が架けられた途端に『別れの唄』の幕は下りるけれど、物語世界の明日、葬儀では対話が交わされるだろう。

一方、劇場を去っていく観客には、「恐れない者の前に道は開ける」というTAKEO（武雄／武郎）の言葉の残響が届き、安易な〝溝〟へと逆戻りするのか、困難を抱えながらも他者性に身をさらして、ひらかれた〝橋〟を築こうとしていくのか、その「勇気」が問われることになる。

ここで想起されるのは、一九六六年五月、そして翌六七年の三月、一二月に、異文化であるところの日本を訪れた一人のフランス人が記した、次のようなエッセイの一節である。

ある異国の（異質な）言語を見聞きするけれども、理解しないでいること。その言語のなかに差異を感じるけれども、その差異を意味伝達や日常言語といった言葉の表層的な社会機能で取りこんでしまわないこと。新たに知った言語のなかで心地よく変化をあたえられた、わたしたち自身の言語の不可能な点を知ること。想像もつかないことの体系をまなんでみること。わたしたちの「現実」を、ほかの切り取りかたや組み合わせかたの効果によって解体してしまうこと。(8)

右の一節は『別れの唄』結末部での登場人物たちのスタンスを端的に代弁したものと読める一方で、理念的な抽象にみえることもまた確かだろう。それでも、右のエッセイが、一人の異邦人の体験に根ざしたものであることは事実である。同様に、『別れの唄』も単なる虚構《フィクション》＝演劇だというばかりではなく、創られたものではあるけれど、演劇として日／仏の演劇人が関わることで成立した、すぐれて現実的な出来事である。もちろん、この出来事には『別れの唄』上演を身体を介して観劇した観客も関わっていたはずであり、異文化理解をめぐる多言語演劇はそれとして実践的に提示された。そこでは、長らくの〝溝〟と少しの〝橋〟が描かれることで、いわば困難な問いとその打開の契機（「月」）が示されたところで、『別れの唄』は幕となる。その後、『別れの唄』結末部の「月」をみて、何を考えどう行動するか、そのゆくえは、登場人物たちばかりでなく観客（読者）一人一人にも問われているといってよい。

注

(1) 平田オリザ/インタビュアー=今村忠純「インタビュー　平田オリザ『別れの唄』」(『国文学』二〇〇七・七)

(2) 柄谷行人『探究Ⅰ』(講談社学術文庫、一九九二)

(3) J・クリステヴァ/池田和子訳『外国人　我らの内なるもの』(法政大学出版局、一九九〇)

(4) 喜志哲雄『喜劇の手法　笑いのしくみを探る』(集英社新書、二〇〇六)

(5) 注(4)に同じ。

(6) 引用は『有島武郎全集　第三巻』(筑摩書房、一九八〇)による。

(7) 平田オリザ『対話のレッスン』(小学館、二〇〇一)。なお、対話を軸にした平田の方法論に関して、拙論「対話(力)のために―平田オリザ「対話を考える」・「対話劇を体験しよう」」(『月刊国語教育』二〇〇七・一〇)も参照。

(8) R・バルト/石川美子訳『記号の国』(みすず書房、二〇〇四)

※戯曲の引用は、平田オリザ「別れの唄」(『せりふの時代』二〇〇七・五)による。

第六章　ロボット演劇プロジェクトの射程
――ロボット版『森の奥』からアンドロイド版『三人姉妹』へ

I

二〇一〇年の夏以来、ロボット演劇は演劇界にとどまらないかたちで大きな話題となっている。本章では、平田オリザの関わる最も新しい演劇の様態として、ロボット演劇プロジェクトをとりあげる。作品自体はもちろんのこと、上演（実現）に至る過程や、評価（論点）などを紹介しながら、これまでの平田オリザの仕事の延長線上に位置づけることで、ロボットと演劇の関係を考えてみたい。

「あいちトリエンナーレ２０１０」で上演された、平田オリザ＋石黒浩研究室（大阪大学）によるロボット版『森の奥』（二〇一〇・八・二一～二四、於愛知芸術文化センター小ホール）は、公演に先だってメディアでも広く報じられた。公演自体も衝撃とともに大きな話題を呼び、翌月には、平田オリザ＋石黒浩研究室（大阪大学＆ＡＴＲ知能ロボティクス研究所）によるアンドロイド演劇『さようなら』（二〇一〇・九・三〇、於愛知芸術文化センター小ホール）が上演される。いずれも脚本・演出は平田オリザ、テクニカル・アドバイザーは石黒浩で、青年団の俳優とともに、前者ではロボット「ｗａｋａ ｍａｒｕ」（三菱重工）二体が、後者ではアンドロイド「ジェミノイドＦ」が共演した作品である。その後も、ロボット演劇・アンドロイド演劇は、国内外で上演（再演）がつづいている。

〝演劇におけるロボット俳優〟という、これまで生身の人間が担うことが疑われなかったポジション（の一角）をロボットが占めるロボット演劇プロジェクト──それはロボット開発にとっても新たな挑戦だったようであるけれど、演劇史からみても、新たな表現領域をおしひろげていく重要な展開といえる。ここで、実際の舞台をイメージしやすいように、一連のロボット演劇プロジェクトの概要を素描しておこう。それは、これまでの平田オリザ作・演出作品をベースとして、そこに数体のロボットが登場するもので、時間軸は近未来に設定される。中西理《おさむ》はこうしたロボット演劇の様相について、次のように整理している。

アンドロイド演劇、ロボット演劇というとアンドロイドやロボットがあたかも人間のように演技する演劇だというように想像する人が多いかもしれない。しかし、平田の演劇ではそうではない。平田の作品では人間が人間を演じるのと同じようにアンドロイドはアンドロイドを演じ、ロボットはロボットを演じることになる。(1)

つまり、ロボットは人間として登場するのではなく、人間とは異なる機械＝ロボットと位置づけられ、家事補助用から話し相手、さらには死者の代替など、用途に応じて外見も機能もそれぞれなのである。それでも、舞台表現としては大きな変化に違いない。

本書で検証してきたように、青年団を主宰する平田オリザは、一九九〇年代から〈静かな演劇〉という様式を練りあげてきたのだけれど、それは二〇〇〇年代に入ると、多言語演劇へと発展的に応用されていった。さらに、二〇〇〇代後半から平田オリザが取り組みはじめたのがロボット演劇プロジェクトということになるのだから、そこには一貫した志向性を読みとることもできる。それを一言でいうならば、演劇に、外国人・外国語やロボットなど次々と〝他者（性）〟をもちこみ、そのことによって、演劇の表現領域をおしひろげようとする姿勢である。ただしそれは、〝関係〟をキーコンセプトの一つとしてブラッシュ・アップをつづけてきた平田オリザの演劇観からすれば、当然の帰結ともいえる。

その意味でロボット演劇プロジェクトは、平田オリザの方法論＝〈静かな演劇〉という様式をめぐって、必ずしも十分に検討されてこなかった演出論や身体論といった側面について、舞台表現それ自体によって照明を当てることにもつながるはずだ。

Ⅱ

今日に至るロボット演劇プロジェクトは、大阪大学学長・鷲田清一が平田オリザをコミュニケーションデザイン・センターに招聘したところからはじまる。平田オリザは、その端緒を、二〇一〇年の時点で次のように振り返っている。

五年前に大阪大学に赴任した。

一年ほどが経ち、所属するセンターのカリキュラムも落ち着いたころ、鷲田清一総長と雑談をしていて、「他に何かやりたいことがありますか?」と聞かれたので、間髪を入れずに、「ロボットと演劇がしたいんですけど」と答えた。

これは、阪大に移籍することが決まったときから狙っていたことで、私の主宰する劇団内では「いつかロボットと演劇をする」と宣言していた(2)。

ここから、ロボット研究者・石黒浩とのコラボレーションが実現したのだというのだけれど、ロボット開発サイドにおいても、こうした機会を求める機運があったようである。ロボット演劇の取り組みがもつ意味を、石黒浩・黒木一成は次のようにまとめている。

一つはロボット開発における新しい方法論を模索することである。〔略〕ロボット開発には、機能中心の開発と、シナリオやシーン中心の開発がある。〔略〕これに対して、我々は、シナリオとシーンを限定し、その中でロボットの表現能力を極限まで引き出すというアプローチを取った。シナリオやシーンを増やしていくことにより、徐々に汎用的な機能が実現でき、ついには、機能の実現に至れる可能性がある。〔略〕また、このシナリオ中心の開発はロボットの実用化にも重要である。〔略〕シナリオ中心の開発は、ロボットメーカーにとっては重要なアプローチであり、ロボットの実用化においてメーカーが必要とする多くの情報を得ることができると期待される(3)。

あいちトリエンナーレ2010・平田オリザ＋石黒浩研究室（大阪大学）『ロボット版「森の奥」』（2010年，愛知芸術文化センター・小ホール）©Tatsuo Nanbu

こうした、演劇とロボット開発の交錯点に生みだされたプロジェクトの最初のまとまった成果であるロボット演劇『働く私』（二〇〇九・一一・二五、於大阪大学21世紀懐徳堂多目的スタジオ）については、すでに、大阪大学コミュニケーションデザイン・センター編『ロボット演劇』（大阪大学出版会、二〇一〇）にまとめられている。

議論に先立ち、テクニカル・アドバイザーとしてロボット演劇に関わってきた石黒浩についても、簡単に紹介しておこう。石黒浩（一九六三～）は、現在、大阪大学大学院基礎工学研究科システム創成専攻教授で、人間酷似型ロボット研究の第一人者として世界の第一線で活躍している。自身をモデルにした遠隔操作型アンドロイド「ジェミノイドHI―1」は世界中の注目を集め、二〇〇七年には「生きている天才一〇〇人」（英・SYNECTICS）で日本人最高位の二六位に選出されてもいる。一口にロボットといっても、石黒浩が手がけているのは、ハリウッド映画に登場するようなタイプのものでも工場用のものでもない。石黒浩は自身のロボット研究の関心のありかについて、『ロボットとは何か　人の心を映す鏡』において、「「人がいる環境で人と関わる」ということが、従来の工場で働くロボットが持たないタスクであり、新しいロボットの可能性を広げるもの」だとした上で、「私の関心もここにある」と述べている。さらには、「ロボットを開発することは、単なる技術開発ではなく人間を理解するための技術開発なのである」とも述べている。[4] ここに、俳優のかかわりにロボットを登場させるロボット演劇との結節点がある。

ロボット演劇『働く私』は、二体のロボットと暮らす若い夫婦を描いた作品で、夫と一体のロボットは働く意欲を失っており、妻はそれに苛立ち、もう一体のロボットは家事を手伝いながら同居するメンバーに気配りをするという、日常の一コマを描いた三〇分ほどの作品である。石黒浩・平田オリザは、「この演劇には、ロボットと人間の違いは何か？　ロボットにも人間にも心を感じられるか？という問題意識を持ちながら、ロボットの対話内容や感情を表現する仕草に注意を払いながら取り組んだ」[5]という。

さて、「演劇に必要なロボットの動作がおおむね完成し、脚本ができあがった時点で、役者とロボットを使ったリハーサルを繰り返した」というが、ロボット研究者の石黒浩にとって、「そのリハーサルは非常に興味深かった」という。その内実をみてみよう。

まず、俳優たちが大きなショックを受けた。それは、平田氏の彼らに対する演技指導と、ロボットに対する演技指導にまったく差がなかったためである。平田氏は、役者にもロボットにも、その立ち位置やタイミングを厳密に指示する。役者たちは、自分たちはロボットと同じなのかと思ったという。

私がそのことを話すと、平田氏は、

「役者に心は必要ない」

と言い切った。平田氏の指示通りに動けば、必ず演劇の中で心を表現できるというのだ。

この意見は、工学者の私とまったく同じ意見であった。我々ロボットの研究者は、人間が持っているかどうか分からない心を直接プログラムすることはできない。心があるように見える動作を生成できる機能をプログラムするのである。(6)

つづけて石黒は「しかし問題は、どうやれば心を持っているように見えるか、我々には分からないということである」として、実験室ではなく、「日常生活において、人間が、さまざまな刺激を受ける中でどのように心を表出しているかについて」、「工学者も心理学者も認知科学者も答えを持たない問題に対して、平田氏は、その才能や直感で、いきなり答えを出してくる」ことに瞠目している。(7)従って、上演だけでなく、稽古の現場にもまた、ロボット研究者からみたロボット演劇の興味があるといってよいだろう。

この論点にふれた新聞記事を参照しておこう。

平田さんは「多くの方には、ロボットが自主的にしゃべり、感情があるように見えたと思う。しかし、ロボットに内面はない。『どう見せるか』『見えるか』。俳優だって、他者の言葉を自分の意思でしゃべっているように見せる技術です」という。人間の演出もロボットの演出も同じこと、と言い切った。

「演劇には、ロボットがいきいきして見えるノウハウが詰まっている」と石黒さんは感心する。「平田さんの指示通りしぐさと言葉の出るタイミングを0・2秒ずらすだけで、おバカだったロボットが賢く見えてくる。演劇で集めたデータは、ロボット技術全体に応用できる(8)」

つまり、平田オリザの構想・演出においてロボット演劇の興味・課題は、〝ロボットに内面はあるか〟ではなく、〝ロボットに内面があるように見えるか〟として明確に設定されている（もちろん、〝ロボットに内面があるように見せる〟ことが可能になれば、実際の内面に関わりなく〝俳優に内面があるように見せる〟こともまた可能になるはずだ）。穂村弘との対談で平田オリザも、「ある構成をすると、ロボットには内面がないのに、あたかも内面があるかのように見える(9)」のだと、断言している。

実際、『働く私』をみた金水敏も、観劇後の感想として次のように発言している。

私も観せていただいてびっくりしたんですけど、やりとりが自然というか、自然すぎて息が詰まるるくらいのコミュニケーション、空気の読み合いというものが感じられたんです。でも、じつはロボットは空気を全然読んでないんですよね。[10]

このようなロボット演劇『働く私』による成果は、ロボット研究者を次の考察へと導く。「「心とは何か」という問い」に向きあった石黒浩は、次のように論じている。

これまでの議論をまとめると、心とは、感情とは、人間が人間同士や、人間とロボットの相互作用を見て感じる、主観的な現象である。そして、それは優れた直感を持つ演出家の力を借りれば、十分にロボットでも再現可能なものである。

また、加えて大事なことは、人間は自分に心があるかどうかは分からないが、他者は心を持つと信じることによって、自らにも心があると思い込むことができることである。[11]

以後もロボット演劇を評して多用される〝自然〟という標語を用いてまとめれば、〝（人間やロボットの動きが）自然に見える〟ということはいかにして可能なのか、また、そのことを通じて、〝心〟のありよう／見え方を軸として人間／ロボットの境界（線）を問い返していく——ここにロボット演劇に秘められた大きな問い／魅力があるといってよい。[12]

さらに、「人間はもともと《演じる存在》である」という鷲田清一が指摘する、「『働く私』という ロボット演劇は、じつは演じるということの意味を問いかける、そういう演劇であったのではない

ちうる問いかけの重要性は疑い得ない。

か」という論点を加えることもできる。そうであればなお、ロボット演劇が演劇（一般）に対しても
[13]

Ⅲ

『働く私』の発展的延長線上につくられたのがロボット版『森の奥』である。この時期に平田オリザは、天野天街との対談で次のように自信をのぞかせている。

平田　感動するのと、ひとつはですね、前作の『働く私』はまだほとんどがロボットと人間が1対1でしゃべるんですけど、今度のは青年団のお芝居に近くて、丸テーブルがあって、ロボットはイスには座れないですけど、1対Nでしゃべるんで。こういうのっていうのは、今までのロボット史上ないんです。会話の中に普通にいて、普通にときどきしゃべるのは初めてのことで。これでまた新たに圧倒的にリアルになる予定なんです。今回のロボット演劇のコンセプトはちょっと玄人向けで、風景の中に普通にいるということ。今まではどうしても1対1で、ロボットを見せてきた。だから今度は意外なほどロボットはしゃべらないです。[14]

その舞台に登場するのは六人の俳優とロボット二体、上演時間も一時間一〇分に及ぶ。平田オリザの脚本は、九〇年代に書きついでいた「科学シリーズ」三部作を下敷きに、二〇〇八年、ベルギーの

王立フランドル劇場から委嘱されて書いた同名作品を、ロボット版として全面的に書きかえたものである。二〇三〇年のアフリカ・コンゴ、チンパンジーのボノボを人間に進化させる研究プロジェクトを進めている霊長類の研究施設には、専門を異にする研究者や業者、さらには二体のロボット（生化学が専門のヨシエと助手のイチロウ）が集っている。そのロビーでは、いわゆる日常会話、軽重ごものプライベート、さらには研究に関する話題（単に事務的なものから、動物実験に関わる倫理問題まで）が交わされていく。この設定自体についても、「人間外の存在への共感から人間そのものを問い直す従来の平田「科学」作品の主題への追求であるばかりでない。舞台化で人間俳優とロボット俳優が共演することで、人間についてさらに踏み出して探る挑戦でもある[15]」という評価がすでにある。

右の設定に明らかなように、『森の奥』では〝人間とは何か〟という問いを内包したロボット演劇という表現スタイルに、そこで展開される会話劇（の内容）も重ねられている。この点について、新聞の記事で山口宏子は次のように指摘している。

遺伝子のレベルで見れば極めて近い、ヒトと類人猿との関係をめぐる会話から、「人間とはなにか」という問いが浮かび上がるが、そこにロボットがいることで、同じ問いに違う方向からも光が当たり、より複雑になっているのがおもしろい[16]。

この作品では、二体のロボットには事前にセリフや動きが入力され、それを遠隔操作し調整することで、生身の俳優との会話劇が展開されていく。ロボットの演技は人為的な操作によるものであるにもかかわらず、たとえば山口宏子の前掲記事[17]では、「俳優にはロボットに合わせる苦労があるのだろうが、たんたんとした会話、精密な演出で成り立つこの作品では、ロボットが自然に演じているように見える」と評されることになる。こうした〝自然〟という言葉の頻用は、ロボットが生身の人間（俳優）の代替を務めることに対して、何かしらの不自然さが前提とされている。事実、新聞の劇評で上田智美は、「「ロボット演劇」という言葉の印象から、人間のしぐさやせりふを真似《まね》て演じるだけの無機質なサイボーグ的ロボットを想像していた。が、実際に生身の俳優たちと共演するロボット2体の、じつに愛らしい間のいい演技を目のあたりにして目からウロコ」と述べ、その上で次のように示唆的なコメントをしている。

> というのも、日本人は古来より動いて話す人形というものに強い関心を示し生み出してきた民族だからだ。たとえば、豊かな表情や巧妙な動作を見せるからくり人形や、遣い手の命が吹き込まれて人情の機微を繊細に表現する文楽人形など。まさにこのロボットこそ近未来型俳優の新しいひとつのかたち、と直観した[18]。

文楽人形と人形遣いが、いずれも舞台上で観客に示される文楽が、逆説的なリアリティを獲得していたことを想起してみよう[19]。ここでも問題は、〝いかに自然に見えるか〟あるいは〝いかにして人形が人間のように見えるか〟という点にあったはずである。その意味で、公演名にロボット演劇という設定が掲げられたとしても、つまりは、その舞台がロボットまで登場する虚構であることが広言されてもなお、それが観客にどのように見えたかによっては、人間／ロボットの別なく、演技が〝自然〟に映じることは、十分あり得る。

†

『森の奥』の直後に世界初演された作品である、平田オリザ＋石黒浩研究室によるアンドロイド演劇『さようなら』の企画は、ジェミノイドFというアンドロイドを開発した石黒浩の発案によるものだという。ちなみに、ジェミノイドは、カメラ・マイク・インターネットを介して遠隔操作するオペレータの、声、頭や唇の動きをリアルタイムに認識し、同期して動くアンドロイドである。石黒浩は『どうすれば「人」を創れるか　アンドロイドになった私』で、次のように、ことの発端を振り返っている。

ジェミノイドFを開発して間もなく、Fを使って「アンドロイド演劇」に取り組むことを思いついた。何をしたかったかというと、きれいな見かけと豊かな表情、引き込まれる語りを組み合わせて、いわば「最大限の人間」を作ってみようと思ったのだ。この提案を演出家の平田オリザ氏にしたら、二つ返事で同意してくれた[20]。

作品の内容は、死を目前に控えた（外国人俳優が演じる）女性に対して、顔の表情も含め、上半身だけ動くアンドロイドが、谷川俊太郎・若山牧水・ランボーらの詩（短歌）を読むというやりとりをメインにした、二〇分程度の小品である。この公演では、その都度アンケート調査をとっているとのことだが、「アンドロイドの読む詩がどのように聞こえたか、という問い」に対しては「ほとんどの観客が、詩人のメッセージではなく、アンドロイド自身のメッセージとして聞こえたと答えていた」という。[21]こうした反応も含めて、石黒浩は前掲書において、次のような展望も述べている。

平田オリザ氏もいうように、演劇は必ずしも人間が演じる必要はない。これまでたまたま、ロボットやアンドロイドがなかったために、演劇は人間が演じてきたのであるが、人間以上に魅力的であれば、アンドロイドが演劇を演じた方がいいだろう。また、人間では表現できない人間の隠された側面を表現できるなら、ロボットの方が人間よりもよい役者になる可能性もある。

人と関わるロボットの研究において、これまでロボットの見かけの問題を研究しなかったように、演劇においても、演劇は人間が演じるものという先入観があるのだと思う。それがここに来て、人間を探求するために作られたアンドロイドが、人間の役割と思われていた演劇においても、人間に取って代わるようになった。これは演劇においても大きな進歩であるし、また、その演劇を受け入れる人間社会においても、少なからず影響を与えそうだ。演劇を技術によって進化させるとともに、この演劇もより深く人間とは何かを考えるきっかけを与えてくれそうである。[22]

文字通り、ロボットの登場は、演劇をめぐる様々な自明視されてきた前提を根底から問い返すインパクトをもっており、それは必ずしも技術的な問題に還元されるわけではない。しかもそれは、演劇はもちろん、「人間とは何か」といった大きな問いへと繋がっている（ということは、演劇のポテンシャルをロボットが浮き彫りにしたということでもある)。

そして、『働く私』・『森の奥』・『さようなら』に関していえば、ロボットの存在や演技はおおむね〝自然〟と受けとめられ、新たな演劇の試みとして評価されていったのだ。

Ⅳ

最後に、ロボット演劇への批判的言及を確認した上で、長編作品である青年団＋大阪大学ロボット演劇プロジェクト・アンドロイド版『三人姉妹』(二〇一二・一〇・二〇〜一一・四、於吉祥寺シアター)を検討し、ロボット演劇プロジェクトの射程／(不)可能性を考えてまとめにかえたい。同作については、すでに「過去の一連の「ロボット＝アンドロイド演劇」とは比較にならない豊かさと複雑さを持っており、平田オリザの作劇術と「現代口語演劇」の現時点での集大成と呼んでも過言ではない傑作[23]」という評価すらある。

さて、ロボット演劇プロジェクトに対してあり得べき反応の一つは、『森の奥』を見た山口宏子が指摘した、平田オリザの方法論批判にも通じる次のようなものである。


平田さんのように、「ここの間《ま》は、ゼロ・コンマ何秒」という具合に、細かく指定した演出ですべてを制御してゆく芝居にはロボットはとても合うし、有効だと思いますが、予想外のグルーブ感は生まれないわけですから、そういう再現不可能な瞬間が演劇の醍醐味だと感じる人とは、相容れないタイプの演劇ですよね。[24]

あるいは、この後詳論するアンドロイド版『三人姉妹』について好意的な劇評を書いた内田洋一も、その結びにおいては、次のような感懐をもらさずにはいられないようだ。

デジタル革命が進む中で、演劇はわずかに残されたアナログ的表現であり、だからこそ貴重だという見方がある。正論であり、常識であり、その通りだと思う。ところが、ロボット演劇はこれと逆行する。実際、文楽技芸員の指導を受けるロボットの動きは洗練度を増している。演出家の仕事はコンピューターへの打ちこみ作業に傾斜し、ロボットが進化すればするほど生身の役者の聖域は減っていく。そのとき、この技術は福音といえるのか。それとも……。[25]

つまり、演劇という芸術／表象形態におけるエッセンスにして最終防衛ラインである〝人間（生身の役者）〟を必要としないロボット（演劇）は、演劇自体の強味を自己否定してしまうのではないかという、文字通り演劇の根幹に関わる疑念・批判である。

ならば、本格的な上演時間（一〇九分）をもち、二体（二種類）のロボットが登場するアンドロイド版『三人姉妹』（作・演出＝平田オリザ）は、どのような作品で、〝人間（生身の役者）〟とロボットはどのような関係を切り結んでいたのだろうか。

まずは、アンドロイド版『三人姉妹』について、概要を確認しておこう。本作は、タイトルに明示された通り、チェーホフ『三人姉妹』の翻案で、渡辺保は「原作の要素がほとんど取り入れられている上にリアリティがある」として「翻案のうまさ」[26]を指摘している。その主要登場人物については、扇田昭彦が次のように説明している。

近未来の日本の地方都市に住む姉妹の家の応接間（杉山至・舞台美術）。ロボット学者だった父は死に、長女の理彩子（松田弘子）は高校の先生、次女の真理恵（能島瑞穂）は高校教師の妻。三女の育美は死んで、その記憶を受け継いだ人間そっくりのアンドロイドがその代わりを務めている。そして弟の明（大竹直）は引きこもり気味の大学院生。

原作の基本的な人物設定を踏まえつつも、新しい登場人物など改変した部分も目立つ。家事をする旧式ロボットが登場し、人間以上に気遣いのある会話をするのが印象的だ。[27]

舞台は、亡父の教え子である若いロボット研究者・中野ひとしを主賓とした送別会が行われようとしている、深沢家のリビングである。現在この家に住んでいるのは、深沢理彩子（長女）、育美（三女）、そして弟の明である。さらに、ロボットが二体暮らしている。一体は、家事補助・ムラオカの「ロボビーR3」で、いわゆるロボットらしい外見・声をしており、動きは事前にプログラミングされる。もう一体は、育美のアンドロイドである「ジェミノイドF」で、こちらは遠隔操作システムによって動き、こと口の動きなどは操作者との同調を実現しており、外見は「人間そっくり」、「まばたき、うつむく表情は繊細そのもの、唇や首の動きも精巧でぞっとするほど」[28]と評されるほどで、本作プロットの要ともなる重要な役割を担っている。

ここに、次女の真理恵とその夫・高木俊夫、明の友人の坂本成美、亡父の教え子であるロボット研究者・丸山昭三とその妻・峰子、そして中野ひとしが訪ねてくる。〈静かな演劇〉の様式に則り、このセミパブリックな場に、右の人びとが出入りし、場に残った人物の相関関係によって、そこで語り得る／そこでしか語り得ない話題が生成されゆき、送別会（食事）前のひとときが、現実の時間進行そのままに演劇作品として上演される。

たとえば、真理恵は夫との離婚を考えているようで、そのことは家族中で心配されているが、実際に離婚の意思をもらすのは、育美と二人きりの時である。このように、その場にいる人物（いない人物）を計算に入れた上で、それぞれの登場人物は対話をつづけていくのだけれど、本作では育美（その台詞）がキーとなっている。というのも、かつて家庭教師であった中野ひとしに好意を寄せていたものの、その恋が成就する前に引きこもったまま病死し、亡父によって形代よろしくロボットが創られた育美は、実は生きていた、という設定が劇の終盤で明かされるのだから。つまり、深沢家にはアンドロイドだけでなく、生身の育美が暮らしていて、そのことは当然、家族以外には秘密とされているのだ。

従って、当初は生身の育美が登場することはなく、客の前に姿を見せるのはアンドロイドの育美である。ただし、その言動は、ロボットだから、という言い訳が通用しないほどに刺がある。たとえば、真理恵が丸山夫妻を迎えた折、アンドロイドの育美が挨拶に出てくる。そこで育美は、亡父の考えとして、丸山は長女の理彩子と結婚するはずだったと、あえて発言する。気まずい雰囲気をかえようと、真理恵は「アンドロイドは空気が読めなくて」と場を取り繕うが、来客の呼び鈴で玄関へと去ってしまう。すると、アンドロイドの育美は「アンドロイドは嘘がつけなくて」と姉の台詞を上書きするようにして、若い峰子を妻に迎えた丸山に、その眼前で批判を展開する。この緊張は、真理恵が中野をリビングに招き入れることで解けていくが、作品としては山場の伏線となっている。

作品全体としては、深沢門下のロボット研究者と深沢一家の、亡父の生前以来の複雑な人間関係が、徐々に浮き彫りにされていく。そのきっかけとなる波風をたてていくのは、アンドロイドの育美である。リビングに残された中野と峰子が火事の話をしているところにあらわれたアンドロイドの育美は、先ほどの非礼を詫びながらも、反省した気配はない。

育美（ア）　峰子さんは、中野さんとも関係があったんですか?　……昔。
峰子　……いえ。
中野　アンドロイドだからって、何言ってもいいってことじゃないだろう。
育美（ア）　ごめんなさい。……でも、人間でも言う時はあると思うけど。

ここで育美は、中野にも（丸山の妻である）峰子にも攻撃的だけれど、本章での興味からいえば、発話者がアンドロイドか人間かによって、（無礼な）発言の責任が変じ得るように登場人物たちが考えていることに注目しておきたい。というのも、右の会話をふまえて、二人きりになった峰子と中野との間では、次のような会話が交わされるのだから。

峰子　じゃあ、あれ、さっきのアンドロイドは、どれくらい自立してるんですか？
中野　え、どういうこと？
峰子　どれくらい、自分で考えて、喋ってるんですか？
中野　あぁ、まぁ、亡くなった育美さんの、思考回路を、できるだけ忠実にトレースしてるんだけど、あの、後天的に学ぶ部分の方が大きいですからねぇ。
峰子　そうなんですか。
中野　そりゃそうですよ、そうじゃなきゃ、自然会話が成り立たないじゃないですか。

中野はさらに最近のアンドロイド・ＡＩの高性能ぶりを説明し、つまり作品世界ではアンドロイドが人間として生活に溶けこみ得ることを提示しつつ、育美の失礼な発言については、「さっきのは、明らかにバグだと思いますけど」と、その限界も指摘する。その時、焦点となっているのはＴＰＯへの細やかな対応なのだけれど、育美の台詞にもあったように「人間でも」ＴＰＯに対応しきれない時はある。そうであれば、アンドロイド版『三人姉妹』が示すのは、単にロボットが生活の一部に入りこんだ近未来の諸問題にとどまらず、それでもなお曖昧な人間／ロボットの境界線への問いかけであるといってよい。この人間／ロボットの（差別化というよりは）重なりについては、生身の育美／アンドロイドの育美によって、舞台上で可視化されていくだろう。
登場人物が全員リビングに集まった終盤、育美のアンドロイドも登場して、幼い頃の思い出を語りだす。峰子に、丸山との年の差を聞き、「丸山さんは、若い女の子が好きなんです。峰子さん、だから、ずっと、若くしてないと」と牽制した上で、アンドロイドの育美はジグゾーパズルに熱中していた時に、丸山にキスをされたのだと告白をはじめる。周囲の動揺をよそに、淡々と話をつづけるアンドロイドの育美に、慌てて中野が口を挟む。

中野　まぁ、ちょっとあれ、アンドロイドの基盤が、バグが出てますからね。
丸山　うん。
育美（ア）　峰子さん、アンドロイドにされちゃわないように、気をつけて。
丸山　止めていいですか、あの育美さん。止めますよ。

中野が「バグ」、丸山が「止めますよ」というように、深沢家の人間を除けば、リビングにいる人びとはアンドロイドの育美を、人間らしい、よく出来た機械とみていたことが、ここで露呈される。もちろん、内容的には幼少時の育美にトラウマを植えつけた（可能性の高い）セクハラの告発であり、それは育美の引きこもり・死の遠因とも考えられる。この場面では、ストーリー上の山場に、ロボット演劇という形態上の問い（人間／ロボットの境域）が重ねられることで、文字通り『三人姉妹』の急所を成している。

丸山がアンドロイドの育美を止めようとし、場がざわめいたところに、上手奥から生身の育美が登場し、一同は驚きに包まれる。理彩子と真理恵もまた、他人に姿を見せた育美に驚き、周囲に謝ろうとするのだけれど、その時、中野は人一倍の反応をみせる。

中野　やっぱり

真理恵　え？　やっぱり、って？

中野　……生きてるんじゃないかなぁ、とは、思ってたんですけど、何となく。

真理恵　え？

中野　昔のものと同期してるだけじゃ、こんなにうまく喋れないですからね、普通は。

丸山　そう。

中野　いくら先生の最高傑作っていっても……。

もちろん、死んだはずの育美が生きていたという驚き、そのことを深沢家の人間が隠していたという倫理的な問題、丸山のセクハラ疑惑に当事者の登場などが一斉に表現され、瞬時にことを整理・理解するのは、登場人物たちはもちろん、観客にとっても難しい。その上、興味深いことに、真理恵がセクハラの件を覚えているのかと尋ねると、生身の育美は、車椅子に座ったアンドロイドの育美の後ろに立ち、次のような会話を交わしていく。

育美（生）　覚えてない。

丸山　……うん。

育美（生）　……覚えていません。
真理恵　そう。
育美（生）　覚えていません。人間は、忘れられるんで。……忘れられるんで。
育美（ア）　でも、私の頭脳は育美さんと同期して
育美（生）　黙って。
育美（ア）　……すみません。

こうして、同一の人格をベースとした生身／アンドロイドの育美による対話さえはじまっていくこの場面について、扇田昭彦は次のように述べている。

意表を突くのは、死んだはずの育美（井上三奈子）が登場し舞台が不気味な様相を見せること。さらにアンドロイドが自立した意思を持ち、子供時代の育美にセクハラをした教授（大塚洋）の行為を暴く場面が実にスリリングだ。車イスに乗ったアンドロイドは下向き加減の顔の表情を微妙に変え、本当に物を考えているように見える。(29)

しかも、ここで、同一の過去の出来事に対して、生身の育美とアンドロイドの育美とが、異なる記憶を主張していく。こうなると、アンドロイドにも記憶・人格が備わっており、逆に忘れるという能力が人間らしさの根拠になるという、いささかねじれた事態が生起していく。この場面における劇的

緊張は、生身の育美とアンドロイドの育美との間に集中しており、それは家族も含めたリビングにいる関係者が見ていることにも支えられている。

ここに、たとえば渡辺保が指摘する「ロボットと人間の対比」をみることもできる。渡辺は直接この場面についてではないが、『三人姉妹』について、次のように論評している。

> むろんどんなに精巧に出来ていても、ロボットにはどこか無機的な雰囲気が漂う。しかしそれならば人間たちは本当に有機的なのだろうか、ロボットの持つ様式性を超えるだけの豊穣なものを持っているだろうか、ということを思わせるところが面白い。ロボットが人間の俳優を逆照射し、その意義を問いかけ、さらにその存在に異議を投げかけている。そこには人間とは違う論理が働き、二つの世界が激突しているといってもいい[30]。

もちろん、この劇的緊張の中心にはロボット（アンドロイドの育美）がいて、確かに「二つの世界」が示されている。しかし、ここまで『三人姉妹』の上演・観劇を通して、観客席から直接見るばかりでなく、舞台上の登場人物の言動を通じてもアンドロイドの育美を見てきた、つまりは、この作品の読解コードを学習してきた観客にとっては、ロボット／人間という峻別よりも、対立する二人の登場人物に映じることの方が〝自然〟でもある。

そうした理解が可能であるのは、単にアンドロイドの育美が精巧につくられ、その言動も他の俳優と等質に設定されているという技術・プログラム・演出上の計算の帰結とばかりはいえない。おそらく、それだけでは不十分で、アンドロイドの育美が〝自然〟に見えるとしたら、舞台上の登場人物たちもまた、アンドロイドの育美に対して、人間同様に話しかけ、気づかい、時には怒りもしてきた、そうした一連の演出・演技の賜なのだ。それゆえ、「この劇では、2体のロボットが重要な登場〝人物〟として存在感を見せている[31]」という印象が、観客からもらされることになるのだ。

つまり、二体のロボットが登場するアンドロイド版『三人姉妹』における平田オリザ演出のポイントは〝いかに見えるか〟にあり、その意味でやはり〈静かな演劇〉の延長線上にあるのだ。逆にいえば、石黒浩が瞠目していたように、生身の俳優もまたロボット同様に演出されていたということでもあり、人間であろうがロボットであろうが、〝自然〟に見えるような舞台を創ることが至上命題として設定されており、劇評を通覧した限りでは、その試みはアンドロイド版『三人姉妹』においても達成されていたということになる。その上で、生身／アンドロイドの育美によって、次のような「問題提起」が投げかけられる。

機械たちは進化を続け、見た目はもちろんのこと、おそらくは内面的にも「人間」に次第に近づいていっています。だがしかし、それは果たして良いことなのだろうか。アンドロイドが彼女そのものになり得るのだとしたら、それは「彼女」にとって幸福なことだろうか[32]?

だとすれば、こうした上演実践は、平田オリザの演劇に差しむけられてきた、演劇の一回性というダイナミズムの欠如、という見方に対する反批判・応答でもあるはずだ。『働く私』（の成果）によって手応えをつかんでいた平田オリザは、高橋源一郎との対談でロボット演劇の話題になった際、演劇の一回性神話を批判しつつ、次のように述べていた。

平田　これはスタニスラフスキーに勝ったと思った（笑）。ロボットには「内面」がない。内面がなくても人間を感動させることができる。それから、演劇の特性として、「生《なま》」ということがありますが、なんで生《なま》がいいのかということを、私たちはいろいろ理屈づけてきたわけです。一回性とか、何が起こるかわからないとか。でも、そんなことじゃないということがわかった。ロボットは毎回同じことをやる。でも、感動するんです。しかもそれは映画で見ているロボットとは全然違う。だから、生《なま》は生《なま》だからいいというだけなんですね(33)。

こうした発言からは、「リアルの半分は観客の脳がつくる」という言葉に集約される、ロボット演劇を通じて平田オリザが目指す演劇もうかがえる。そこでは、〝リアルとは何か〟や〝人間とは何か〟という主題が問われ、その返照を意識した舞台が洗練されていくばかりではない。ロボット演劇は、当然ながら俳優にその存在意義を問いかけることになるし、さらに、そのことも含めて〝演劇とは何か〟という問いを、上演それ自体によって示すことにもなる。実際、アンドロイド版『三人姉妹』は、ロボット演劇初見の観客に、たとえば次のような感想を抱かせるものでもあったのだ。

ロボット演劇は初めて見るが、何でロボットが演劇を？　と懐疑的だった自分の偏狭を恥じた。

人間だけで演じる演劇と同じ、いやそれ以上に、ここではいや応なく「他者」と直面させられ、人間の本質が裸にされていく(34)。

してみれば、平田オリザが取り組んでいるロボット演劇プロジェクトとは、眼前の観客に新奇による驚きや感動をもたらすばかりでない。〈静かな演劇〉に端を発した平田オリザの演劇活動は、ロボット研究や認知心理学、アフォーダンスなどを経由しながら、様々な立場に即して多様に存立している演劇観をめぐって、根源的な係争をひきおこす契機ともなり得るだろう。

注

（1）中西理「平田オリザ／初音ミク／ロボット演劇」（『シアターアーツ』二〇一三・七）
（2）平田オリザ「ロボット演劇」（『文藝春秋』二〇一一・一）
（3）石黒浩・黒木一成「心を持つロボットの実現─ロボット演劇への試み」（『都市問題研究』二〇〇九・八）
（4）石黒浩『ロボットとは何か　人の心を映す鏡』（講談社現代新書、二〇〇九）
（5）石黒浩・平田オリザ「ロボット演劇」（『日本ロボット学会誌』二〇一一・一）
（6）注（4）に同じ。
（7）注（4）に同じ。
（8）佐藤千晴「（魅知との遭遇）ロボット演劇　カンジョウ、ミセテアゲル」（『朝日新聞〔大阪〕』

二〇〇八・一一・二八夕）
（9）平田オリザ・穂村弘「言葉の達人2人が考える、リアリティの根源の在り処。」（『ブルータス』二〇一〇・九）
（10）平田オリザ・石黒浩「ロボット演劇「働く私」」（大阪大学コミュニケーションデザイン・センター編『ロボット演劇』大阪大学出版会、二〇一〇）で司会をつとめた金水敏の発言。
（11）注（4）に同じ。
（12）平田オリザは「人間発見　劇作家・演出家　平田オリザさん　未知の演劇を探す旅路①」（『日本経済新聞』二〇一〇・一二・一三）で、「ロボットだけ取り残され、人間はなぜ夕焼けをきれいに思うのだろう、わからない、と人工音声で話し合う場面で泣いている観客がいた。人間はなぜ機械に心を感じるのか。これは人の心を知る試みでもあります。」と、『働く私』での試みを意味づけている。
（13）鷲田清一「ロボット演劇「働く私」に寄せて」（引用は注（10）に同じ）
（14）天野天街・平田オリザ「ロボットと俳優～いずれ俳優はその道でロボットに抜かれてしまうのか～」（『演劇ぶっく』二〇一〇・八）
（15）斎藤偕子「劇評「人間」、単純か複雑か?」（『テアトロ』二〇一〇・一一）
（16）山口宏子「（演劇）あいちトリエンナーレ2010「ロボット版・森の奥」ロボットの自然な演技」（『朝日新聞　夕刊be』二〇一〇・九・三夕）
（17）注（16）に同じ。
（18）上田智美「「ロボット版　森の奥」―愛らしい演技、先入観覆す（演劇）」（『日本経済新聞〔名古屋〕』

二〇一〇・八・二六夕）

(19) 文楽を「三つの切り離されたエクリチュール」と見立てたR・バルトの議論が想起される。『記号の国』（みすず書房、二〇〇四）参照。なお中西理は注（1）において、「ただロボット演劇というとなにか新しいもののように感じるが、人間とは異なる形態のロボットにさえ内面を投影できるという人間の能力というのはなにも新しいものではない。演劇でも仮面劇のような古典演劇、そしていわゆる人形劇を我々が見るときにごく普通に発揮されてきたものだった。」と説明している。

(20) 石黒浩『どうすれば「人」を創れるか　アンドロイドになった私』（新潮社、二〇一一）

(21) 注（20）に同じ。

(22) 注（20）に同じ。

(23) 佐々木敦「批評時空間（特別篇）「ロボット」と／の『演劇』について」（『新潮』二〇一一・一二）

(24) 河合祥一郎・山口宏子「演劇時評」（『悲劇喜劇』二〇一〇・一二）

(25) 内田洋一「青年団＋大阪大学ロボット演劇プロジェクト「アンドロイド版『三人姉妹』」演劇の本質揺さぶる実験的作品」（『日本経済新聞電子版』二〇一二・一〇・三一）

(26) 渡辺保「今月選んだベストスリー」（『テアトロ』二〇一三・一）

(27) 扇田昭彦「（評・舞台）アンドロイド版「三人姉妹」　2体のロボットが〝好演〟」（『朝日新聞』二〇一二・一〇・二五夕）

(28) 山内則史「［旬感・瞬間］ロボット演劇「三人姉妹」」（『読売新聞』二〇一二・一〇・二四夕）。また、岩佐壮四郎・小山内伸「演劇時評6」（『悲劇喜劇』二〇一三・二）で岩佐は「「ムラオカ」なるロボビーのテクノロジーには、改めて驚嘆させられますが、更に驚かされるのは三女を演じるアンドロイド。若く美しい女性がアンドロイドを装っているのではないかと見紛うほどの精巧さです。」と称讃を惜しまない。

(29) 注(27)に同じ。
(30) 注(26)に同じ。
(31) 注(27)に同じ。
(32) 注(23)に同じ。
(33) 高橋源一郎・平田オリザ「《対談》追い風ゼロのリアル」(『図書』二〇〇九・七)
(34) 注(28)に同じ。

※台詞の引用は、DVD版『アンドロイド版　三人姉妹』(シアター・テレビジョン、二〇一三)から起こした。なお、育美(ア)とある台詞はアンドロイドの育美、育美(生)とある台詞は生身の育美である。

第七章　〝ポスト平田オリザ〟の展開
――岡田利規『三月の5日間』の言葉と身体

I

平田オリザが青年団での演劇活動を通じて一九九〇年代に確立した方法論とその帰結としての様式は、〈静かな演劇〉として後続世代にも大きな影響力を及ぼしていった。[1] その後、単なる模倣ではなく、様式の批判的継承を伴った後続世代の活躍は、二〇〇〇年代に入って本格的な展開をみせていく。二〇〇六年、「平田オリザや岩松了、長谷川孝治、松田正隆ら九〇年代の「関係性の演劇」の影響を受けながらも、先行する作家たちと志向性の異なる若手劇作家が今世紀に入り、相次ぎ登場している」という認識を示した中西理は、「「ポスト平田オリザ」世代の劇作家のなかでもっとも目立つ存在」として、岡田利規（チェルフィッチュ）と三浦大輔（ポツドール）をあげている。[2]

平田オリザ自身も、〝ポスト平田オリザ〟について「ある種の顕微鏡的リアリズムの若い演劇作家がほかにもいるということなんですか」という高橋源一郎の問いかけに対し、「個別の才能ではなく、一つの流れとして、出てきていると思います」とこたえ、次のようにつづけている。

岸田國士でも木下順二でも久保栄でも、何か伝えたいことがあるような文体でしたが、それが劇的に変わったのが、八〇年代の後半から九〇年代の前半くらい。岩松了さんと宮沢章夫さん、僕の三人がたて続けに岸田賞をもらった頃だと思います。ひとまとめに「静かな演劇」と呼ばれて、その流れが定着しました。でも、すぐ次の世代がつまらなくなった（笑）。ただ真似するだけだから。それから十年して、二〇〇四年くらいに前田君が出て来た時は、やはり「これは新しいな」という感じがありました。それから、岡田君の『三月の5日間』には、本当にみんな驚いた。[3]

ここで言及された「前田君」は五反田団の前田司郎、「岡田君の『三月の5日間』」とは、チェルフィッチュの岡田利規による『三月の5日間』（作・演出＝岡田利規、初演二〇〇四・二・一三〜一五、於スフィアメックス、第49回岸田國士戯曲賞受賞作品／戯曲は『三月の5日間』白水社、二〇〇五）[4]を指す。本作については、二〇〇七年に再演された際の舞台についてではあるけれど、たとえば柳美里が次のように絶賛している。

とてもスリリングな芝居でした。表面的なストーリーを追えば、イラクで米軍が空爆を行った二〇〇三年の三月に、渋谷のラブホテルで男女が五日間セックスばかりしていた、というだけなんですが、具体的な戦場の様子など何も語られていないのに、確実に〝戦時の空気〟が伝わってくるんです。ひとが無意識のうちに反復している微妙な仕草を俳優に意識させ、無意識に見えるように再現させることによって、観客ひとりひとりの無意識の領域に立ち入ってくるような演出で、これ

は新しい、と思いました。(5)

本章では、このように評された『三月の5日間』をとりあげ、〝ポスト平田オリザ〟という観点も視野に入れつつ、特にその言葉と身体に注目した分析を試みたい。

Ⅱ

全一〇場からなる『三月の5日間』は、七人の俳優によって演じられる九〇分弱の作品である。六本木のライブ会場で出会った男女（ミノベとユッキー）が、渋谷のラブホテルでイラク戦争開戦前後の五日間を過ごすというのが、一応は中心的な出来事なのだけれど、舞台はその再現を目指すことなく、基本的に俳優のモノローグで構成されている（時折、観客への語りかけや、俳優同士のかけあいも混じる）。時系列的にいえば、この出来事の前に、ミノベはアズマに誘われてライブに行っており、その会場ではデモについてのMCもあった。さらに遡れば、アズマはそのライブを映画のレイトショーで知り、その時、ミッフィーに余った前売り券を買ってもらった縁から話をしてもいる。その場でアズマに告白してふられたミッフィーは、後に映画前後のことを後にホームページの日記にアップするが、その文章もまた舞台上で語られていく。ミノベとユッキーが連泊している間、渋谷ではデモがつづいており、それに参加するイシハラとヤスイが描かれもする。こうしたことごとは、それ自体に何かしら豊かな物語性があるわけでもなければ、対立や葛藤が劇中に準備されていくこともない。

また、一人の俳優が一つの役を演じるわけではなく、死角を伴ったそれぞれの立場から、相対化された体験としての出来事が、〈聞いた〉「話」として七人の俳優によって語られていく。従って、俳優が語る時、そのほとんどが伝聞・回想という体裁を採り、演じられる人物と演じる俳優が重なって見える場合にも、間接的な枠組みが周到に準備され、つねに語られる言葉と俳優の身体とのあいだには〝距離〟が確保されていく。

戯曲『三月の5日間』については、「第49回岸田國士戯曲賞選評[6]」が多面的に論じている。選考委員のなかでは、岡部耕大のみが「「談合」「下部組織」といった言葉が飛び交った」で、「妙な蟠りがあった」と否定的な評価を下しているが、大勢は好評であった。井上ひさしは「二作を推す」で、「遠くの戦争と、近くの、目の前のラブアフェアとを、絶妙の言語的詐術で対比させることに成功」したと評している。同様の論点にふれた竹内銃一郎も「あてどなく、あどけなく」で、「アメリカのイラク空爆という世界の〈大事〉をよそに渋谷で〈小事〉にかまける日本の若者、という物語の構図に、さほどの目新しさがあるわけではない」とした上で、「〈小事〉を当人ではない近しい第三者たちが、伝聞＝不確かな情報をもとに語り演じるところに、「演劇」に触れる感じがした」と、設定とその演じ方の相関関係から高く評価した。ひるがえってみれば井上も、設定を活かした「絶妙の言語的詐術」に注目していたし、つづけて「登場人物たちの話す内容が微妙にズレながら進む展開も、背筋がゾクゾクするほどおもしろく、一見平凡と見えるプロット進行の下に、遠くの虐殺よりも目の前の性行為の方が重要という人間の業のようなものが浮かび上がってくるところに凄味がありました」と、仕掛けのもたらす効果まで射程に収めていた。野田秀樹は「《逆さ蟻地獄》と《ぎぇ〜！》」で、「五日の閉塞された享楽のうちに、始まったばかりのイラク戦争が終わってはいないかと、ふと頭をよぎる瞬間、その一つ一つが、実に生々しい今の若い日本人である」と、その演劇表現に世代特有の「リアル」さを見出している。同様の論点を岩松了は、「岡田・宮藤、両氏を強く推す」で「そこ〔『三月の5日間』〕に描かれている世界はまさに青春のすべてではなかろうか」と変奏し、そのポイントを次のように指摘する。

ゆきずりの男女がラブホテルですごしたイラクへの米国の空爆開始の日をはさんだ五日間、さして自覚的とも思えないままデモ隊に加わった若者たちとその周辺、ライブハウスで会った男に声をかけ、その自分に激しく落ちこみ火星に行きたいと語る女等々……いずれもが過不足のない的確な言葉で語られる。

その上で、ラストシーンにもふれ、「そこに用意されているのは、五日間外国のように見えた渋谷がいつもの渋谷に戻っているという、人間の内側で起こるドラマに加担した渋谷という街（世界）の無雑作にしてグロテスクな存在だ」と、渋谷という街を描破した点も評価している。

形式面から『三月の5日間』の特異性に言及したのは、「〈テアトル〉を青ざめさせるもの」の太田省吾である。太田は、登場人物の発話が「渋谷の若者のあの、（私にはついていけない）あのことばで連綿としゃべられている」ことに注目した上で、次のように述べている。

この作品には〈役〉がない。七名の役者が登場するが、彼等はいわば舞台に登場し、ある男の行状を観客に向ってしゃべる（報告）者でしかなく、〈役〉を形成する氏素性はなにも与えられていない。役を演じる〈それらしさ〉なしに〈テアトル〉を成り立たせることが探られての構想だったにちがいない。

こうした様相にふれた上で太田は、「ここでの〈せりふ〉は、ある〈役〉が語るものではなく、これまでのことば＝主体という〈せりふ〉概念を壊したもの」だと、演劇史的に意味づけている。

ここで、論点を整理しておこう。第一に、イラク戦争（大文字の歴史）と若者の群像（小文字の日常）を対比させた設定が注目を集め、第二に、その設定を支えた表現方法（言葉・伝聞＝再話）が評価された。第三に〝反復＝変奏〟を基調とした劇全体の構成、第四に渋谷という街、第五に、「今の若い日本人」（群像）が特徴として指摘されたことになる。

本章のねらいは、右の第二・第三の論点から言葉の検討を行い、その上で、身体・演出という観点も加味しながら第四・第五の論点に第一の論点を重ねることで、『三月の5日間』の特徴を明らかにすることにある。

Ⅲ

『三月の5日間』第一場の冒頭部は、次のようなものである。

舞台セットは要らない。

男優1と男優2、登場。並んで立つ。

男優1 （観客に） それじゃ『三月の5日間』ってのをはじめようって思うんですけど、第一日目は、まずこれは去年の三月の話っていう設定でこれからやってこうって思ってるんですけど、朝起きたら、なんか、ミノベって男の話なんですけど、ホテルだったんですよ朝起きたら、なんでホテルにいるんだ俺とか思って、しかも隣にいる女が誰だよこいつ知らねえっていうのがいて、なんか寝てるよとか思って、っていう、でもすぐ思い出したんだけど「あ、昨日《きのう》の夜そういえば」っていう、「あ、そうだ昨日の夜なんかすげえ酔っぱらって、ここ渋谷のラブホだ、思い出した」ってすぐ思い出してきたんですね、

この一節から、『三月の5日間』の特徴をあげていけば、まず舞台セットが不要であることから、起源の出来事の再現が志向された舞台ではないことがわかる。また、はじめの台詞からも、この作品がいわゆるリアリズム志向の舞台ではなく、この『三月の5日間』を登場人物が劇中で対象化＝相対化しながら進行していく、いわば手法の露呈を前景化させたものであることもわかる。さらには、言葉も特徴的である。台詞を「リアル」に近づけようとする営為については、助詞や語順の戦略的な操作によって平田オリザが「現代口語演劇[7]」を構築したけれど、岡田利規は言葉（の意味）のエコノ

ミーに頓着することなく、実際の発話をモデルとした徹底的にくだけた口語を、モノローグを基本として全編に配置することで、俳優七人(男五人・女二人)による語りを重層化させていく。

この「いかにも不明瞭で、まわりくどく、冗長で、話しがいつまで経っても始まらない」ような「喋り方」が、その実「かなりすんなりと観れてしまう」理由を、佐々木敦は「私たちが普段、日常的に喋っている感じと、ほとんど同じ感じであるからだ」としている。(8) もちろん、個々のモノローグばかりでなく、その構成についても、『三月の5日間』は戦略的な方法論を擁している。岡田利規に、次のような発言がある。

僕の芝居では、ある話題について、自分のことではなく、誰々さんの出来事として伝聞で話すということをよくやります。つまり、舞台上のAが舞台上のBに向かって話す内容が自分(A)のことではなく、第三者(C)のことである――すなわち、役者Aは「役柄Aを演ずる」のではなく、「役柄Cを演ずる役柄Aを演ずる」というような状況です。これはブレヒトの手法で、簡単に言うと「自分に与えられたセリフの最後に、『……と彼(彼女)は言った』と心の中で言う」というものなのですが、実際に試してみるとすごく使える。(9)

しかもそれは、中西理が「モノローグを主体に複数のフェーズの会話体を「入れ子」状にコラージュするというそれまでに試みられたことがない独自の方法論により構築されるまったく新しいタイプの「現代口語演劇」(10)だと指摘する、ユニークなものなのだ。

第一場では「ミノべって男の話」が、男優1と男優2とによって語られていく。ともすると、男優1がミノべに、男優2がアズマに見えなくもないのだけれど、『三月の5日間』では、〝一つの役（名）を一人の俳優が演じる〟という制度（擬制）は排されている。しかも、そのことはミノべとユッキーが出会ったライブでの会話の模様が語られていくうちに差し挟まれる、男優2の次のセリフによって、劇中で明示される。

男優2　っていうこの話は、アズマっていう、ミノべくんといっしょにライブに行ったほうの男なんですけど、彼のほうには別にその日ミノべくんみたいなおいしい系のことは何もなかったんですけど、〔略〕今の話は五日目の朝にアズマくんがミノべくんと再会してそのときファミレスですごい早朝だったんですけどそのときは、聞いた話で、や、ミノべくんはその女の子と結局渋谷のラブホに三泊したんですよ、その間ずーっと渋谷にいたらしいんですけど、それで今の話はその三泊が終わったあとでミノべくんに会ってアズマくんが聞いた話だったんですけど、

　それまでの上演を「この話」・「今の話」とまとめながら、それがミノべからアズマが「聞いた話」であったことまでが、男優2によって、反復＝強調を伴いながら語られる[11]。してみれば、ここでは起源の出来事は想定されておらず、はじめにあるのは「聞いた話」だということになり、〝「話」を聞いた者が舞台上で「話」として語っていく〟というのが、『三月の5日間』の基本的な表現スタイルなのである。別の角度からいえば、作品の設定として、この舞台に立つ俳優＝登場人物たちは、〝聞い

た「話」を、「話」として語る欲望に満ちた者たち〟ということになる。

それればかりでなく、「聞いた話」を伝聞として語っていくうちに、さらに別の人物になりかわっていく――二重の代理＝演技の二重化――こともある。第一場で、男優1は、「聞いた話」に即してミノべの立場を代理＝演技して「話」すうちに、さらにユッキー役へと変じて話した後、再びミノべ役に戻るという複雑な展開もみられる（「（女の子の口調で）」・「（男に戻っている）」といった説明が男1の台詞中にはみられる）。

このような、俳優と登場人物が一対一で対応しないことと、（起源の出来事を再現するのではなく）伝聞を介した「話」を語る表現スタイルは密接に関わっており、そこには対観客意識も織りこまれている。

第二場は、「男優1、退場。」（ト書き）の後、次の台詞からはじまる。

男優3　（観客に）で、これからはミノべって人と別行動になった、（男優2を示して）アズマくんの三月の5日間の一日目の話からになるんですけど、

ここでも、男優1はミノべ、男優2はアズマに擬せられているように見えるが、その実、男優2のこれ以後の言動は、男優3が伝聞として知り得た「話」を、舞台上で「話」として語るという行為の域を出るものではない。第二場では、先の引用の数行後に、次の台詞がみられる。

男優3（観客に）ライブ終わって、「あ、ミノベくんも行っちゃったなあ」ってことで、「あ、終電も終わってるし朝までこれから一人でどうするんだ、僕」みたいにアズマくん思ってた、っていうところからそれじゃいこうと思うんですけど、「とりあえず出るか、ここ」ってことでライブハウス出たんですけど、出つつも、「あー、あの女の子の人、来なかったなあ」って、アタマにあれがありながら、名残り、夜の六本木寒いんだけど、とか思いながら歩いてたんですけど、でもアズマくんはそういう女の子がもしかしたら来るかもしれなくて、とかはミノベくんには特に言わないどいたんですね、でも僕にはすごいそれ話したんで、だから僕、聞いて知ってるんで、今話してるんですけど、僕、そのライブのあった次の日の夕方くらいにアズマくんと会ってて、ちょっと僕、アズマくんにお金借りてたの返すっていう用事があって、会ってそのときに今からやるみたいにアズマくんのその話聞いたんですけど、ってのを今からやります、

ここでもまた、アズマに「話」を聞いた男優3（僕）は、作品の文法通り、〝聞いた「話」を、「話」として語る欲望に満ちた者たち〟として、〝「話」を聞いた者が、舞台上で「話」として語っていく〟だろう。

第二場から第三場にかけての、映画のレイトショーで出会ったアズマに告白して失敗し、一連の出来事をホームページにアップしていくミッフィーをめぐるエピソードも、女優1がミッフィーその人を演じているように見えても、（伝聞過程こそ明示されないものの）間接化された「話」であることにかわりはない。当初、女優1が用いていた「私」という代名詞は、第三場になるとみられなくなり、

それまでの「少女／ミッフィー」に関する「話」は、同一俳優による次の台詞によって相対化されていく。

女優1　みたいなミッフィーちゃん、これ書いてアップしたのって三月二十日《にじゅうにち》の午前四時とかいって、フセインのイラクからの四十八時間以内の亡命をアメリカが要求して、四十八時間以内の亡命がされなかった場合戦争がはじまるっていうタイムアウトがあと三十一時間のときだったんですけど、でもミッフィーちゃんの話はまあこのくらいでもうアレなんで、

一人称「私」による女優1のこれまでの語りを「話」として相対化する立ち位置から発せられた右の台詞は、作品中の他のエピソードとの関連を（結果的にせよ）示す、イラク戦争開戦を基準とした時間指標をさりげなく差し挟みつつ、言葉／身体の乖離を、作品上で明示していく。

第四場になると、（内容的には）すでに第一場でミノベの立場から語られた「話」が、別の立場（角度）から変奏を伴いつつ反復されていく。

女優2、登場。女優1の隣に立つ。

女優1　（女優2を示して）関係ない話をしてくれるんで、

女優2　（観客に）別の話ですけど、もう、三十一時間以上それから経って、実際に戦争がまあ

始まってからの話になるんですけど、ユッキーっていう女の人で、その人は三月二十日《はつか》の、あのー、イラクの戦争がはじまったのが二十日なんですけど、でも二十日なのは、日本の時間だとはじまったのはアメリカの時間の三月二十日なので、日本時間だと二十一日なんですけど、私ちょうど下北《しもきた》行く用事があって、井《い》の頭《かしら》線の改札の少し手前の、渋谷の駅のところにいたんですけど、そのとき、なんか駅からビルのガラス張りのところの、一番おっきいツタヤとかの交差点のところが見えるところがあるじゃないですか、あそこから、あれ、なんかすごい盛り上がってる音が聞こえてきて、何かなってていう音が、聞こえて、そしたらデモだったんですけど、私はそれ、そこから見ただけなんですけど、ちょうどその頃渋谷とかかなりデモとか、結構すごい、いっぱいあって、ユッキーさんっていうのは、ちょうどその辺のあいだじゅうずっと、渋谷の、道玄坂のほうのブティックホテルに、連続五泊くらい泊まってた人なんですけど、

男優3 **（観客に）** えっと、ミノベくんが即マンして朝起きたら誰か分かんない女の人がいたって話《はな》してた続きを、今からそのユッキーさんっていう名前の女の人のほうから話すってのをやります。

それればかりでなく、同一の出来事に即した「話」が、いつ・どのような経路をへて、いま・ここ（舞台）で語る俳優にもたらされたかまでが、当の舞台上で開示されていく。

男優1 **（観客に）** アズマがファミレスで、すごい、早朝に起こされてミノベからの電話で今か

らファミレス来いって言われて、それでまあ行って、それで聞かされた話なんですけど、ミノベが女の子と結局、渋谷で四泊したんですけど、三泊説五泊説あるみたいですけどほんとは四泊なんですけど、その四泊が終わって別れてもう直後に、ミノベはアズマ呼んだんですねファミレスに、奢《おご》るから来いって言って、それでまあ行って、基本的にアズマ、暇なんですけど、それで行ったらアズマはミノベの渋谷の四泊五日のやりまくり列伝の日々を話聞かされたんですけど、っていうのを今はやろうかなっていうとこなんですけど、

男優3　（**男優1に**）朝起きたら、なんか、ここどこだよ？　って思って（**男優1**「**うん**」）、しかも隣にいる女誰だよこいつ知らねえ、っていうのがいて、でもすぐ思い出したんだけど、「あ、昨日の夜そういえば」って、

『三月の5日間』冒頭、第一場では、男優1がミノベを、男優2がアズマの役に見えもしたが、ここでは、男優3がミノベを、男優1がアズマの役を演じているようである。してみれば、一人一役という制度（擬制）は排されており、舞台上には複数の、様々な立場からの「話」があり、それを舞台上の俳優（の身体）が次々と語っていくばかりなのだ。

第四場のおわりでも、「**男優3**　で、ちょっとそのデモのことを今から少しやります。」という台詞があったかと思えば、つづく第五場の冒頭部には、「**男優4と男優5、登場。並んで立つ。**／**男優4**（**観客に**）あ、じゃあ、今からデモの一部やります。」とあり、デモが演じられることが予告され、ひきつづき実際に演じられてもいく。

このように、直後に演じることを舞台上で明示すれば、観客にとってそれが虚構であることは疑い得ない。それでも『三月の５日間』が作品として成立しているのは、「話」やデモが、語られ、演じられる「今」（という観客と共有される時間）と、語り・演じる身体の物質的な現前性が両者を支えているからだろう。つまり、ここで目指されているのは、（理念的な）近代劇よろしく起源の出来事の再現＝近似に応じた「リアル」なのではなく、眼前の俳優の声／身体と観客が同一の時空間に存在することを根拠とする「リアル」なのだといってよい。だから、虚構性を前景化する一方、台詞には「今」が頻出する。

第九場は**「男優２と男優５、退場。」**というト書きからはじまる。

男優２　（観客に）はい、今からやろうと思ってるのは、さっき、デモに参加してたヤスイくんが怒られちゃった、っていう話をやろうと思うんですけど、

『三月の５日間』を構成するのは、時間軸や立場を異にしながらも、時空間と俳優の身体という物質的な現前性に支えられて展開していく〝今する話〟の連鎖なのだ。起源の出来事の再現（による「リアル」さ）は、『三月の５日間』においては実践されてもいなければ、目指されてもいない。ここにあるのは、起源の出来事からは徹底して間接化された「話」ばかりであり、それが登場人物をめぐる時間軸や立場を関数として〝反復＝変奏〟されることで、ごく限定された話題が重層的に描かれていくのだ。[12] しかも、その舞台では、虚構性をあからさまに露呈した台詞・身体表現を多用しながらも、

しかし、俳優の声／身体による語りの現実的存在感《プレゼンス》によって、逆説的に作品に「リアル」さを確保することが目指されていく。これが、『三月の5日間』の方法的特徴なのだ。

Ⅳ

本章Ⅲで検討した言葉の特異性は、『三月の5日間』において、身体表現や演出との相関において、さらなる「リアル」さを生成していく。それは、たとえば中西理によって、次のように指摘されている。

> チェルフィッチュのもうひとつの特徴は舞台のなかで演じる俳優がたえず手や足をぶらぶらさせたり、落ち着きなく動き続けているという独特な演技スタイルだ。ダンス的とも評されるところで、一見無造作にだらしなく動いていているように見えて、実は細かく演出された動きであり、そこには日常の身体の持つ不随意運動のようなノイズを俳優の演技にとりいれようという狙いがある。(13)

さらに、『三月の5日間』を対象とした佐々木敦の指摘もみておこう。

> ともかく、チェルフィッチュをはじめて観る者は――私自身がそうだったのだが――まず最初にその演劇らしからぬダラダラした台詞廻しに驚き、次いでしかしそれが実は、普通の演劇と同様に、

いや普通の演劇以上の細心さと厳格さをもって緻密に書かれた台詞を精確に「再現」しているのだという事実を知って、二度驚くことになる。そしてそれは台詞のみならず身振りについてもそうで、『三月の5日間』を観ていくと、舞台に出てくる俳優たちが皆、程度の差はあれ台詞のダラダラさと相通ずる妙にダラダラした動きをしていることに気付く。足をもたもたさせたり組み合わせたり、腕をぶらぶらさせたり廻したり、それは私たちが普段、誰かと喋っていたりする時に、程度の差はあれ無意識にしている仕草によく似ており、台詞と同じくまるで俳優がその場で適当に振る舞った結果そう見えているように誤解してしまいそうになるのだが、それも台詞と同じく実は岡田利規によって厳密に演出されている＝振り付けられているのだ。(14)

両者がそろって指摘するように、何もない舞台で、モノローグを基調とした「話」をつづけていく俳優たちは、たえず身体を動かしていく。それは台詞の意味に即したものではなく、語る俳優／語られる登場人物のクセを肥大化させ、あるいは不安定な体勢をとった上でバランスを保とうとするなど、動きや身振りを変奏させながら反復していく。それは、佐々木敦の指摘通り、もはや「演出＝振り付け」と呼ぶべきものである。(15)

こうした身体表現は、平田オリザが演出に組みこんだアフォーダンスを採りいれつつアレンジしたものである。事実、「身体へ意識をシフトさせるというところまでは、平田さんの作業を追っかけている」という岡田利規は、つづけて次のように言明している。

ところが、言葉に意識を集中させると言葉が死んでしまうように、身体に意識をシフトさせることによって今度は身体が死んでしまう。なので、身体に意識をとどまらせることもできません。それで、意識をどこに持っていくかというと〔略〕台詞や身体の動きに先立つものが人間の中にはあるはずだと。何かしゃべるにしろ、何か動くにしろ、故なくしてではない、それらの出てくるところのものがあるはずだと。(16)

また、別の場所で岡田利規は、次のような整理・説明を試みてもいる。

しぐさは、言葉からではなく、〈イメージ〉から生成されてくるものなのだと僕は思っています。そして言葉もまた、〈イメージ〉から生成されたものとしてパフォームされるべきものだと、僕は思っています。

ここでいう〈イメージ〉とは、言葉という形や、しぐさという形を取る以前の、グロテスクな塊のような状態のものが溜まっている場所みたいなもののことです。人はそこから言葉という形にして、あるいはしぐさという形にして、一部を取り出して見せます。(17)

つまり、〈理念的な〉近代劇が重視してきた〝台詞＝意味〟という要素を相対化し、その上で改めて言葉／身体の位置づけを模索していくこと。その際、双方に通底する水面下に「〈イメージ〉」を措定し、その一部が言葉として、あるいはしぐさとして表現されるというモデルを描く。逆にいえば、舞台上で表現される言葉／身体は、それを通じて観客を「〈イメージ〉」へと導くものであることが目指されている、ということになる。

実際、『三月の5日間』では、言葉の意味を身体へと変換《トレース》したタイプの身体表現はほとんどみられず、発話している際の心理状態（焦りや興奮など）を象徴的に示すかのような小刻みな動きや、負荷のかかる姿勢などが、安定した静止状態を排してつづいていく。

こうした言葉／身体が、『三月の5日間』に描かれた渋谷を、語られた登場人物を通して特別なものにしていく。逆に、こうした言葉／身体がなければ、『三月の5日間』において渋谷という街、さらには戦争という出来事は「リアル」さをもち得なかっただろう。ミノベとユッキーが渋谷で過ごす五日間は、ただそのことだけで特別だったわけではない。その与件として、ホテルを出ればデモが行われており、電光掲示板に開戦のニュースが流れている渋谷という街、そのなかでテレビも見ずに情報を遮断してセックスにふける、ということが必須だったのだ。ただし、それも単なる設定ではこと足りない。内野儀が指摘するように、「〈パフォームする身体〉自体が、イラク攻撃前後の東京というきわめて政治的な文脈に解き放たれていること」もまた「重要」なのであり(18)、それらは、方法化された言葉／身体によって表現されることではじめて「リアル」さは生成されていくのだ。女優2が、「たとえば外国の街に行ってどこどこに5日間滞在してきたんだーみたいな感じが、あるなあって思うんですけど、その5日間はすごく、なんか、渋谷でそんな感じの5日間を過ごした」と語った渋谷の特異性を、以下に検証していこう。

第四場から第五場にかけては、俳優がいれかわり、場も転じるが、一方で渋谷という街が共通する要素として話題にされつづけていく。

女優1　それでその、渋谷が渋谷じゃないみたいな感をさらに演出、っていう感じだったのが、私たち、お昼もう食えねえだろっていうくらい食べてからお店出たんですけど、そしたらスクランブル（交差点）のほうから、あれ、なんかすごい盛り上がってる音が聞こえてきて、何かなっていう音が、聞こえて、そしたら、すごい、デモがちょうど通り過ぎていくところだったんですね、あ、なんかデモやってる、って手ェ引っ張って行ってみて（時計を見て）、近づいていったら、デモ、結構人で、あ、なんかナマで迫力それなりだ、って思ったんですけど、

男優3　（観客に）で、あ、そうだ戦争どうなったんだろうって思って、そしたらツタヤの大きいビジョンの字幕ニュースに、バグダッドに巡航ミサイル限定空爆開始、って書いてあって、あ、はじまったんだやっぱりって思いながら、デモ通るのとかちょっと見て、またホテル、割とすぐに戻ったんですけど、

男優3　で、ちょっとそのデモのことを今から少しやります。

昼食のために街へ出た二人は、渋谷でデモと、開戦を告げる字幕ニュースとを目にする。それだけでなく、最後の台詞で予告された「デモのこと」が、文字通り「今から」、舞台上で上演されていく。

男優４と男優５、登場。並んで立つ。

男優４　（観客に）あ、じゃあ、今からデモの一部やります。

並んでゆっくり歩き始める。

二人で舞台を歩くだけの動作が、ゆっくりと進められていく。状況を説明する台詞が挿入された後、再び、「デモの一部」が繰り返されるのだけれど、そこには、次のような台詞もみられる。

男優４　（観客に）〔略〕テンション高い系の人達はショルダータックルみたいなのとか攻めていったり、「小泉の犬め」とか言ったりして、結構ホットな、あ、一触即発、みたいな、大丈夫かな、みたいな、みんな警察って柔道とかの有段者だぞってこと知ってるのかな、っていう、知っててやってるとしたらアツいな、っていう、そこはもうひとつの戦争、みたいな感じの盛り上がりがそこに、みたいな、

ここでデモに差しむけられた「もうひとつの戦争」という言葉に注目するなら、渋谷とは、戦闘行為など、直接的な「戦争」は行われていないものの、間接的なかたちでの「戦争」が起きている街だ

ということになる。『三月の5日間』は、そのような街として渋谷を描いていく。そうしたなか、ミノベとユッキーも間接的な仕方で「戦争」に出会っていく。

男優3　「テレビさ、えっと、ホテルいるあいだ、今までずっとしまくってたってのもあるけど、テレビとかあるけど見なかったじゃない、なんか、それでさ、もし良かったら、今後も、敢えてもう見ないってことにしたいんだけど」ってミノベくんが言ったら、女の子は「え、いいよ」って言ったんですけど、「あ、ほんと、それいいかな」ってミノベくんが言ったら、女の子は「いいよ」っていったんですけど、「あ、ほんと？　俺ら何にも知らないまま、三日後にね、戻るじゃん、それぞれの、普通の生活（？）、そしてテレビ付けたりしたら、とりあえず、ね、あ、終わってる戦争、とか思うの俺ら、っていうシナリオ（？）、いいと思うんだけど。始まってみると終わるの早かったな、これで良かったんじゃないの結果論、とか思うの俺ら、それで（**キミは**）「あ、ほんとだ終わってる、あいつの言った通りだ、なんか」とか思うの、それで「なんか、じゃあ、俺らもしかして戦争のあいだずっとヤってた？」っていう、「なんか俺らが渋谷ですごいペースでヤりまくってるあいだに、戦争始まって終わっちゃった？」っていう、なんかそういうのすごい、歴史とリンクして思い出になると思って、かなり、いいっていうか、人生死ぬ前に思い出す可能性相当高い思い出になるんじゃないかって思うんだけど、

「歴史とリンク」という台詞に集約されるように、ここには一見、イラク戦争という大文字の歴史

と、渋谷のホテルでのセックス三昧という小文字の日常との交錯が描かれている。確かに、内田洋一がいうように、『三月の5日間』は「巨大な事件と小さな日常を対比させるという点で、平田オリザの『東京ノート』と対をなす[19]」面をもつが、中間領域として渋谷という街が描かれていたことを見落としてはならない。『三月の5日間』にはミノベとユッキーだけでなく、ライブ会場やレイトショーでの出会いと会話、デモに関することごとも話題とされ、アズマ、イシハラ、ヤスイ、ユッキーといった人びとも登場していた。そうであればなおのこと、『三月の5日間』は大文字／小文字の「対比」を描いた作品というよりはむしろ、中間領域も含めた三層をフラットに往還し、媒介＝接続していく若者の群像を描出し得た作品として特徴づけられるはずだ。

しかも、「ゼロ年代の社会意識が明確に表現されている[20]」と評される『三月の5日間』は、岡田利規にとって次の主張をもった作品でもある。

『三月の5日間』の時に考えていたことについて言うと、戦争というものについて何かを言いたいと思ったんですが、例えば、反戦運動にコミットしていくことは、僕たちにフィットする感じじゃない気がするんです。だけど、それでも何がしかは思っています。そういうふうな、距離感を持った思い方というのを僕たちはしていて、それは、思っていないということでは決してない。そういうことを、距離感も含めた形で、提示したかったんです。イラク戦争が起こっていることに全然関心がなく、ただセックスしている若者たちを描いた作品という見方をされることもありますが、僕自身はれっきとした反戦演劇だと思っています[21]。

「距離感を持った思い方」を演劇作品として成立させるために、岡田利規は言葉の操作だけでなく、特別な街としての渋谷を基点として作品世界を構成し、「話」をしていく俳優からは、「〈イメージ〉」に即した身体表現を引きだしていったのだ。

Ⅴ

最後に、「リアル」という観点から、(『三月の5日間』にみられた限りではあるけれど) 岡田利規の方法論をまとめて結論にかえたい。

〝ポスト平田オリザ〟の演劇について論じる山登敬之は、「リアル」という論点に関して、「舞台のリアルは「本物そっくり」ということではなく、いかに「ホントっぽい」かにある。重要なのは、ホントっぽさの「ぽさ」の部分をどうやって濃くできるかという問題だ」と指摘している。(22)

ここで議論したい「リアル」とは、右に指摘もあるように、演劇としての「リアル」である。〝ポスト平田オリザ〟世代に位置する岡田利規による『三月の5日間』の方法論／実践については、本章Ⅱ・Ⅲで考察を展開してきたが、その果てに目指される「リアル」について、劇作家・倉持裕との対談を参照しておきたい。「今「リアル」という言葉は話題になっているの?」という倉持の問いかけに、岡田は「話題に〝なってるふう〟なんじゃないですか。でも、そもそも何をもってリアルとするのかという話が錯綜し過ぎていて、リアルという言葉が何も名指せていないのでは、という感じもします。」と応じていた。その上で、自身の目指す「リアル」を次のように語っている。

僕は見た目がどれだけナチュラルか、ということはもう判断基準にしないことにしたんです。普通はこんな変な動きしないだろう、こんな言葉遣いはしないだろうという外観にはこだわらない。

本来セリフというのは覚えた文字を頭で追ってしゃべるものなんだけど、日常生活ではそんなふうに頭の中に記憶させた文字との関係をいちいちたどらないでしゃべりますよね。演劇でもそうすることがいいんじゃないかと思っているわけです。それが僕の考える「リアル」。外観とは全く関係ないところでできるんですよ。今言ったような意味合いで、自分はリアリズムの演出家だと思っているんです(23)。

ここで岡田は、「ナチュラル／リアル」を対比的に捉えている。外観としてカメラやビデオで切りとり得るタイプの現実らしさを「ナチュラル」と呼んで自身の演劇から排し、外観にとらわれない「リアル」こそを演劇における「リアル」として目標に据えている。それは、外観を模倣することで起源の出来事の再現を目指すいわゆるリアリズムとは別のもので、にもかかわらず、自身の目指す方法論の方がより現実らしいという自負のもと、岡田はアイロニカルに「リアリズムの演出家」だと自称してみせる。この時、岡田が目指しているのは、虚構《フィクション》＝演劇のなかで「リアル」にたどりつくことだろう。その際に設定されるのは、現実世界での言動を分解して、その後に、それらをどのように編みあげれば舞台上で「リアル」に見えるのか、という課題である。そのために、岡田は舞台にあげる言葉と身体に操作を施す。次の発言もみてみよう。

役者はよく、言葉を自分が自由自在に操るように、その人物になって言葉をしゃべっちゃうんだけど、むしろ言葉に操られているというニュアンスで話す方がしっくりくるんですね。人はふだん、こう体を動かそうと思って動かしたり、こういう言葉遣いをしようと思ってしゃべったりしないですよね。それが、さっき言った、僕の考える「リアル」ということなんですよ。そこに意義を置くかどうかというのは人によるのかもしれないんだけど、僕にとっての基盤なんですよね[24]。

（理念的な）近代劇にあっては、舞台上の俳優は登場人物として実存を生き、その仮構されたアイデンティティを根拠に主体的に台詞（言葉）を発し、演技（身体）を行ってきた。しかし、平田オリザらによる〈静かな演劇〉以降、そうした演技に関わる自明の前提は積極的に問い直されてきた。舞台上の諸要素を分節し、日常の諸条件を参照しながら再構成することで、演劇としての「リアル」が目指されてきたのだ。『三月の5日間』の岡田利規もまた、こうした挑戦をひきつぎ、言葉と身体の関係を戦略的にときほぐし／編みかえることで、新しい「リアル」と評される演劇表現を提出することに成功したのだ[25]。

注

（1）本書第一章参照。

（2）中西理「岡田利規（チェルフィッチュ）と三浦大輔（ポツドール）―「ポスト平田オリザ」世代のトップランナー―」（『悲劇喜劇』二〇〇六・八）。同論で中西は、「平田オリザが自らの演劇を「現代口語演劇」と名づけたように岡田利規の場合も現代口語を舞台にのせるという意味では先行する平田、岩松らと共通する問題意識から出発している。先行世代が舞台の登場人物による会話を覗き見させるような形で追体験されていくような「リアル」志向の舞台（いわゆるリアリズム演劇ではないことには注意）を構築したのに対し、チェルフィッチュの岡田のアプローチは会話体において「ハイパーリアリズム」、演技・演出については「反リアリズム」というところに違いがある。」と指摘している。

（3）高橋源一郎・平田オリザ「《対談》追い風ゼロのリアル」（『図書』二〇〇九・七）

（4）同作は、神戸・山口・高知・大阪などの国内公演の他、ベルギー・フランス・ドイツ・アメリカ・シンガポール・韓国・香港など、海外公演も行われている。なお、岡田利規本人によって小説化もされ、大江健三郎賞を受賞するなど、高く評価されている。

（5）岡田利規・前田司郎・三浦大輔・柳美里「大座談会　新世代の超リアル演劇論」（『文学界』二〇〇七・一〇）。また、古川日出男は「設定と語りと才能。」（『Esquire』二〇〇七・七）で、「イラク戦争がはじまる瞬間に互いに名前も知らない若い男女がラブホテルに入り、四泊五日を過ごす―という最高にキャッチーな設定」を特に高く評価している。

（6）白水社ホームページ内「第49回岸田國士戯曲賞選評（2005年）」（http://www.hakusuisha.co.jp/kishida/

review49.php)

（7）平田オリザ『平田オリザの仕事①現代口語演劇のために』（晩聲社、一九九五）他参照。

（8）佐々木敦『即興の解体／懐胎　演奏と演劇のアポリア』（青土社、二〇一一）

（9）保坂和志・岡田利規「小説のリハーサル」（『新潮』二〇〇八・四）

（10）注（2）に同じ。

（11）注（8）で佐々木敦は、「『三月の5日間』の新しさとは、いわゆるメタ＝シアター的な趣向そのものというよりも、それをたとえば「或る友だちの話なんですが」「聞いた話なんですけど」というような形で一見、その時その場の無駄話のようなフツウさに回収してみせたことにある」と指摘している。

（12）第九場には、男優5による次の台詞があり、作品全体の絵解きともなっている。――「（観客に）渋谷って、地理って、〔略〕六本木通りはハチ公を起点にしないでモヤイ像を起点にした方がいいんで、ってことに今気付いたんで、モヤイ像が中心の地図に地図の中心をちょっと変更したいんですけど、〔略〕」

（13）注（2）に同じ。また、嶋田直哉「「ゼロ」度の言葉／身体―岡田利規『三月の5日間』を読む―」（『日本文学』二〇一一・一一）にも示唆を受けた。

（14）注（8）に同じ。

（15）たとえば、「吾妻橋ダンスクロッシング」（二〇〇五・九・二三、於アサヒアートスクエア）でのチェルフィッチュ（岡田利規）の作品「ティッシュ」は、「女2人が日常の会話を続けるなか、意味のない体の動きが不自然に膨張してゆく。体と言葉が遊離してゆく、この滑稽《こっけい》で妙な齟齬《そご》感は独特だ。」と、「（舞踊）吾妻橋ダンスクロッシング　繊細な創意と大胆な表現」（『朝日新聞』二〇〇五・一〇・一夕）で評された。

(16)「現代の若者を象徴するだらだら、ノイジーな身体を繰る　岡田利規」(文化科学研究所編『パフォーミングアーツにみる日本人の文化力』水曜社、二〇〇七)
(17) 岡田利規「演劇／演技の、ズレている／ズレてない、について」(『ユリイカ』二〇〇五・七)。なお、関連する対談として、手塚夏子・岡田利規「「動き方」と「動くこと」の果てなき追究」(『美術手帖』二〇〇五・一二)参照。
(18) 内野儀「Jと世界を語り直す　チェルフィッチュ『三月の5日間』―Jの風景⑥」(『図書新聞』二〇〇四・三・二七)
(19) 内田洋一『現代演劇の地図』(晩成書房、二〇一〇)
(20) 新野守広「「外」は消えたか?―『三月の5日間』と『夢の泪』」(『シアターアーツ』二〇一〇・九)
(21) 注(16)に同じ。
(22) 山登敬之「新しい革袋はどこに?―ポスト平田オリザの演劇―」(『悲劇喜劇』二〇〇五・三)
(23) 倉持裕・岡田利規「身体に作用する〝言葉〟の力を引き出す」(『すばる』二〇〇八・七)
(24) 注(23)に同じ。
(25) その後の岡田利規／チェルフィッチュの展開については、岡田利規『コンセプション』(BCCKS、二〇一〇)、岡田利規／聞き手＝野村政之「リアリズムの可能性と更新について」(『ユリイカ』二〇一〇・九)参照。
※戯曲の引用は、岡田利規『三月の5日間』(白水社、二〇〇五)による。

□平田オリザ略年譜

一九六二年　一一月、東京都に生まれる。
一九七六年　四月、都立駒場高校定時制に進学。
一九七七年　五月、都立高校定時制二年、一六歳で高校休学、自転車による世界一周旅行を敢行。
一九八二年　四月、国際基督教大学教養学部人文科学科入学。一一月、初の戯曲を執筆。
一九八三年　一月、劇団青年団を結成（当初は作・演出を担当、後に作のみとなる）
一九八四年　八月、国際教育基金の奨学金により韓国の延世大学に一年間公費留学する。
一九八六年　六月、国際基督教大学教養学部人文科学科卒業。
一九八七年　四月、名実ともにこまばアゴラ劇場の支配人になる。七月、再び青年団の演出を手がけるようになる。
一九八八年　三月、韓国三部作上演。新しい演出様式による作劇を意識的に開始する。一二月、こまばアゴラ劇場にて、全国各地の小劇団が集う『大世紀末演劇展』を開催。以後、毎年フェスティバルディレクターをつとめる。
一九九一年　六月、『ソウル市民』初演（こまばアゴラ劇場）
一九九二年　一一月、『北限の猿』で岸田國士戯曲賞にノミネートされる。

一九九四年　五月、『東京ノート』初演（こまばアゴラ劇場）
一九九五年　二月、『東京ノート』で第三九回岸田國士戯曲賞受賞。三月、初の演劇論集『現代口語演劇のために』を晩聲社より刊行。
一九九八年　二月、『月の岬』で第五回読売演劇大賞優秀演出家賞、最優秀作品賞受賞。
二〇〇〇年　四月、桜美林大学文学部総合文化学科助教授就任。
二〇〇二年　二月、『上野動物園再々襲撃』（脚本・構成・演出）で第九回読売演劇大賞優秀作品賞受賞。四月、埼玉県富士見市民文化会館キラリ☆ふじみ芸術監督に就任。二〇〇二年度中学二年教科書「現代の国語」（三省堂）に演劇学習教材『対話劇を体験しよう』を書き下ろし。六月、二〇〇二年日韓国民交流記念事業『その河をこえて、五月』を日韓両国で公演。一〇月、『芸術立国論』（集英社新書）でＡＩＣＴ評論家賞受賞。
二〇〇三年　一月、『その河をこえて、五月』で第二回朝日舞台芸術賞グランプリ受賞。
二〇〇四年　四月、青年団との歴史を綴った『地図を創る旅』を白水社より出版。
二〇〇六年　四月、大阪大学コミュニケーションデザイン・センター教授に就任。六月、モンブラン国際文化賞受賞。
二〇〇八年　一一月、大阪大学・石黒浩教授とのロボット演劇プロジェクト第一弾『働く私』を、大阪大学二一世紀懐徳堂多目的スタジオにて世界初演。
二〇〇九年　八月、鳩山由紀夫内閣の内閣官房参与に就任（二〇一一年八月退任）
二〇一〇年　八月、ロボット演劇プロジェクト初の長編、ロボット版『森の奥』をあいちトリエンナーレ二〇一〇のオープニング公演として世界初演。九月、人型ロボット「ジェミノイドF」が出演する、アンドロイド演劇『さようなら』をあいちトリエンナーレ二〇一〇にて世界初演。
二〇一一年　六月、フランス国文化省よりレジオンドヌール勲章シュヴァリエ受勲。
二〇一三年　五月、ナレッジシアターのこけら落とし公演として、大阪大学ロボット演劇プロジェクト×吉本興業「ロボット演劇版『銀河鉄道の夜』」を上演。
二〇一四年　三月、演劇を軸に国際戦略・交流のあり方を綴った、『世界とわかりあうために』を徳間書店より出版。

＊青年団ホームページ「平田オリザ略歴」・平田オリザ『地図を創る旅　青年団と私の履歴書』を参照して作成した。

□平田オリザ参考文献

〈1 平田オリザによる戯曲〉

『平田オリザ戯曲集①東京ノート・S高原から』（晩聲社、一九九五）
『平田オリザ戯曲集②転校生』（晩聲社、一九九五）
『平田オリザ戯曲集③火宅か修羅か・暗愚小傳』（晩聲社、一九九六）
『平田オリザ戯曲集④南へ・さよならだけが人生か』（晩聲社、二〇〇〇）

＊

『ソウル市民』（演劇ぶっく社、一九九九）
『カガクするココロ』（演劇ぶっく社、一九九九）
『北限の猿』（演劇ぶっく社、一九九九）
『バルカン動物園』（演劇ぶっく社、二〇〇一）
『冒険王』（演劇ぶっく社、二〇〇一）

＊

『平田オリザⅠ東京ノート』（ハヤカワ演劇文庫、二〇〇七）

〈2 平田オリザによる演劇関連著作〉

『道路劇場、バヌアツへ行く』（晩聲社、一九九二）
『平田オリザの仕事① 現代口語演劇のために』（晩聲社、一九九五）
『平田オリザの仕事② 都市に祝祭はいらない』（晩聲社、一九九七）
『演劇入門』（講談社現代新書、一九九八）
『対話のレッスン』（小学館、二〇〇一）
『芸術立国論』（集英社新書、二〇〇一）
『gikyoku-workshop』（演劇ぶっく社、二〇〇一）＊山岡徳貴子との共著。
『「リアル」だけが生き延びる』（ウェイツ、二〇〇三）
『地図を創る旅　青年団と私の履歴書』（白水社、二〇〇四）
『演技と演出』（講談社現代新書、二〇〇四）
『演劇のことば』（岩波書店、二〇〇四）
『話し言葉の日本語』（小学館、二〇〇三）＊井上ひさしとの共著。
『コミュニケーション力を引き出す』（ＰＨＰ新書、二〇〇九）＊蓮行との共著。
『わかりあえないことから　コミュニケーション能力とは何か』（講談社現代新書、二〇一二）
『幕が上がる』（講談社、二〇一二）＊小説
『新しい広場をつくる　市民芸術概論綱要』（岩波書店、二〇一三）
『世界とわたりあうために』（徳間書店、二〇一四）

〈3　主要参考文献〉

「平田オリザ自身による平田オリザスペシャル」（『月刊カドカワ』一九九六・一一）
「特集＝旗手たちの現在（その3）岩松了 平田オリザ」（『悲劇喜劇』二〇〇〇・七）
「特集＝平田オリザ」（『悲劇喜劇』二〇〇三・五）

＊

七字英輔「平田オリザ―青年団」（『テアトロ』一九九二・九）
山登敬之「Nonfiction Novels（33）平田オリザ」（『テアトロ』一九九五・三）
長谷部浩「抒情の技法―平田オリザの外部作品をめぐって」（『テアトロ』一九九五・五）
藤谷忠昭「言葉の外への誘惑―平田オリザ論」（『テアトロ』一九九五・一〇）
七字英輔「生理的言語と身体―平田オリザの「現代口語演劇」をめぐって」（『テアトロ』一九九五・一二）
松尾忠雄「平田オリザの場合―「火宅か修羅か」を中心に――」（『甲南国文』一九九六・三）
横山義志「演劇と平田オリザ」（『シアターアーツ』一九九七・五）
扇田昭彦「現代演劇と演技論―唐十郎から平田オリザまで」（『国文学』一九九八・三）
丸田真悟「2曲の歌　中心と周縁　青年団「ソウル市民1919」を観て」（『テアトロ』二〇〇〇・一二）
本橋哲也「クロスレヴュー『その河をこえて、五月』　脱植民地化と難民への道」（『シアターアーツ』二〇〇二・八）
日比野啓「クロスレヴュー『その河をこえて、五月』　平田は目的地なぞ定めない。歩き方が目的地を作り

出した。」（『シアターアーツ』二〇〇二・八）
丸田真悟「世界を押し広げる梃子としての感覚―平田オリザと鐘下辰男」（『テアトロ』二〇〇二・九）
扇田昭彦「一九九〇年代の劇作家たち　ドラマの戦略」（高橋康也編『21世紀文学の創造⑥声と身体の場所』岩波書店、二〇〇二・七）
ボイド真理子「「静かな劇」の台頭」（『演劇学論集』二〇〇三・一二）
松本和也「戯曲構造としての〈静かな演劇〉―平田オリザの作劇法《スタイル》―」（『演劇学論集』二〇〇三・一二）
田中庸介「舞い降りていく詩の風景―平田オリザ「南島俘虜記」」（『現代詩手帖』二〇〇四・四）
井上理恵「戦争の影―「東京物語」から「東京ノート」へ―」（『社会文学』二〇〇四・六）
川口賢哉「平田オリザ『その河をこえて、五月』小論」（『国文学』二〇〇五・三）
山登敬之「新しい革袋はどこに？―ポスト平田オリザの演劇―」（『悲劇喜劇』二〇〇五・三）
日比野啓「平田オリザ「東京ノート」」（日本演劇学会・日本近代演劇史研究会編『20世紀の戯曲3　現代戯曲の変貌』社会評論社、二〇〇五・六）
丸田真悟「「不可能性の時代」の観客と平田オリザ」（『芸術学研究』二〇〇六・一〇）
中西理「岡田利規（チェルフィッチュ）と三浦大輔（ポツドール）―「ポスト平田オリザ」世代のトップランナー―」（『悲劇喜劇』二〇〇六・八）
松本和也「青年団のストラテジー―平田オリザ」（『解釈と鑑賞　別冊　現代演劇』二〇〇六・一二）
後安美紀「演劇と同時多発会話　劇的時間のつくられ方」（佐々木正人編『アート／表現する身体　アフォーダンスの現場』東京大学出版会、二〇〇六・八）

水牛健太郎「『ソウル市民』三部作を見て」（『シアターアーツ』二〇〇七・六）
松本和也「こえていこうとすること─日韓共同制作『その河をこえて、五月』試論」（『人文科学論集〈文化コミュニケーション学科編〉』二〇〇九・三）
河野孝「平田オリザ」（日本演出者協会＋西堂行人編『八〇年代・小劇場演劇の展開』日本演出者協会、二〇〇九・一〇）
松本和也「見えないものを見る─平田オリザ・青年団『ソウル市民』試論」（『文芸研究』二〇一〇・三）
松本和也「〝溝〟から〝橋〟へ─青年団『別れの唄』試論」（『ゲストハウス』二〇一〇・一〇）
山田亮太「アンドロイドはなぜ詩を朗読するのか─アンドロイド演劇「さようなら」」（『現代詩手帖』二〇一一・六）
松本和也「岡田利規『三月の5日間』の方法─〝ポスト平田オリザ〟という視座から」（『人文科学論集〈文化コミュニケーション学科編〉』二〇一二・三）
佐々木敦「批評時空間（特別篇）「ロボット」と／の『演劇』について」（『新潮』二〇一二・一二）
中西理「平田オリザ／初音ミク／ロボット演劇」（『シアターアーツ』二〇一三・七）
＊
内野儀『メロドラマの逆襲 「私演劇」の80年代』（勁草書房、一九九六）
大阪大学コミュニケーションデザイン・センター編『ロボット演劇』大阪大学出版会、二〇一〇）
佐々木敦『即興の解体／懐胎 演奏と演劇のアポリア』（青土社、二〇一一）
浜名恵美『文化と文化をつなぐ シェイクスピアから現代アジア演劇まで』筑波大学出版会、二〇一二）

★《初出一覧》

＊以下に初出情報を掲げておく。ただし、いずれも大幅な加筆修正・（複数の論文をまたぐかたちでの）再構成をへている。

第一章・第二章

・「戯曲構造としての〈静かな演劇〉—平田オリザの作劇法—」（『演劇学論集』二〇〇三・一二）

・「青年団のストラテジイ—平田オリザ」（『解釈と鑑賞　別冊　現代演劇』二〇〇六・一二）

第三章

・「見えないものを見る—平田オリザ・青年団『ソウル市民』試論」（『文芸研究』二〇一〇・三）

第四章

・「こえていこうとすること—日韓共同制作『その河をこえて、五月』試論」（『人文科学論集〈文化コミュニケーション学科編〉』二〇〇九・三）

第五章

・「〝溝〟から〝橋〟へ—青年団『別れの唄』試論」（『ゲストハウス』二〇一〇・一〇）

第六章　書下ろし

第七章

・「岡田利規『三月の5日間』の方法—〝ポスト平田オリザ〟という視座から」（『人文科学論集〈文化コミュニケーション学科編〉』二〇一一・三）

あとがき

演劇への具体的な興味ということになれば、大学に入って以来だから、すでに二〇年あまり、私にとっては人生の半分をこえる長さになる。今はなき、渋谷西武のシードホールで第三エロチカ『クリシェ』を観たのは、大学入学後間もない時期のことだったと記憶する。前後して、学内の演劇サークルの公演をしらみつぶしのように観てまわった。

今、本書をまとめるにあたって、時期によって濃淡はあったものの、演劇に関する興味をもちつづけてこられたことの幸いを感じるとともに、その時々において、様々な人たちとの出会いに支えられてきたのだということも、改めて思う。観ること、創ること、読むこと、考えること、そして語りあい、書くこと――様々な局面において関わって下さった方々への感謝の念を、もちろん文章による学恩も含め、この場をかりて銘記しておく。

また、本書第五章のベースとなった文章で、二〇一〇年、第二六回名古屋文化振興賞（評論部門）に入選したこと、ことにその際のていねいな選評には大いに励まされた。

最後に、本書の刊行に際しては、彩流社の茂山和也氏のご理解とお力添えは欠かせないものだった。

心から感謝を申し上げたい。

二〇一四年一一月

松本 和也

索 引（人名・作品名）

＊作品は演劇作品、演劇論（単行本）に限定した。

（た行）

（な行）

（は行）

著者略歴

松本 和也（まつもと かつや）

1974年、茨城県生まれ。立教大学大学院博士課程修了、博士（文学）。
現在、信州大学人文学部准教授。専攻、日本近代文学・演劇。
主な著書に、『昭和十年前後の太宰治 〈青年〉・メディア・テクスト』（ひつじ書房、2009）、日本近代演劇史研究会編『岸田國士の世界』（共著、翰林書房、2010）、『川上弘美を読む』（2013、水声社）などがある。演劇に関する論文として、「忘却への抵抗／差異の承認―日韓共同制作『焼肉ドラゴン』の方法」（『立教大学日本文学』2013・7）ほか。

平《ひら》田《た》オリザ〈静《しず》かな演劇《えんげき》〉という方法《ほうほう》

2015年1月20日　第1刷 定価はカバーに表示してあります。

著　者　松　本　和　也
発行者　竹　内　淳　夫
発行所　株式会社　彩　流　社

〒102-0071 東京都千代田区富士見2－2－2
電話 03（3234）5931　FAX 03（3234）5932
http://www.sairyusha@co.jp
e-mail:sairyusha@sairyusha co.jp

印 刷　モリモト印刷㈱
製 本　㈱難波 製本
装 丁　佐々木 正見

落丁本・乱丁本はお取替いたします。

ISBN978-4-7791-2076-3 C0074

4-7791-1912-5 C0074(13・07)

つかこうへい

――「笑い」と「毒」の彼方へ　元徳喜 著

死して３年――異才の演劇人「つかこうへい」がもたらしたものは何だったのか。在日韓国人同胞として、その手法に反発しつつも、笑いの底に流れる暗い情念を読み取り、共感し、その生き様を抉り出す異色の批評集！　四六判上製　1900 円 + 税

4-88202-969-3 C0074(05・03)

安部公房スタジオと欧米の実験演劇

コーチ・ジャンルーカ 著

1970 年代を疾走した「安部公房スタジオ」はきちんと評価され遺産として新しい世代に継承されているのだろうか？ 本書はイタリアの若き研究者が安部公房の軌跡をたどり、その実験的な試みが世界性を持つことを明らかにしたものである。　A5 判並製　2200 円 + 税

4-7791-1642-1 C0074(11・10)

演劇は仕事になるのか？

演劇の経済的側面とその未来　米屋尚子 著

「演劇で、食っていこうじゃないか」、「はたして食えるのか？」など、演劇・劇団をとりまく経済的側面とその未来について、アーツ・マネジメントの分野ではもっとも事態の本質をつかんでいるといわれる著者が詳細に分析する。　A5 判並製　2500 円 + 税

4-88202-841-3 C0098(03・09)

劇作家シングのアイルランド

悲劇的美の世界　若松美智子 著

『アラン島』で知られイェイツと共に文芸復興運動の主要な担い手として独立期に活躍し、アイルランド文学史に不動の地位を確立した劇作家ジョン・M・シングの、宗教論争劇『月が沈む時』からケルト神話を題材とする『悲しみのデアドラ』までを読み解く。　四六判上製　3500 円 + 税

4-7791-1583-7 C0076(10・12)

歌舞伎はこう見ろ！

椿説歌舞伎観劇談義　快楽亭ブラック 著

片岡孝夫によって歌舞伎ファンになったブラック。猿之助によって歌舞伎狂となった。20 代後半で歌舞伎に目覚め、これまでの遅れを取り戻すべく、日本全国、歌舞伎を追う。なぜ歌舞伎は凄いのか？観劇の鉄則を快楽亭が論じ尽くす！　四六判並製　1900 円 + 税

4-7791-1675-9 C0020(12・04)

琉球・沖縄の芸能

その継承と世界へ拓く研究　大城 學 編

越境し変容する琉球・沖縄の芸能のいま…人の移動により世界に伝播し、拡散する琉球・沖縄芸能文化の現状と斬新な研究の視点を提示。県外および海外において沖縄系人が琉球芸能とどのように向き合い、彼らにとって琉球芸能はどのような役割を果たしているのか。　A5 判上製　3500 円 + 税